御曹司は僕の偽装の恋人です

安曇ひかる

幻冬舎ルチル文庫

CONTENTS ✦目次✦

御曹司は僕の偽装の恋人です

✦カバーデザイン＝chiaki-k（コガモデザイン）
✦ブックデザイン＝まるか工房

イラスト・八千代ハル✦

御曹司は僕の偽装の恋人です

「あら、崇臣《たかおみ》さん。お久しぶりですね」

管弦楽が静かに流れる広いフロア。ひしめく人の波の中から華やかなイブニングドレスを身に纏《まと》った女性が近づいてくる。

――えーと、この人は……。

即座に脳内の人名ファイルに検索をかけると、一・五秒でヒットした。大手製薬会社・大《お》久《く》保《ぼ》製薬の会長夫人だ。崇臣は「ご無沙汰しておりました、大久保さま」と笑顔で会釈をする。

「しばらくお目にかからないうちに、ますますご立派になられて」

「恐縮です」

「タキシード姿が、年々お父さまそっくりに」

「それは誉《ほ》め言葉と受け取ってよろしいのでしょうか」

茶目《ちゃめ》っ気混じりに尋ねると、夫人は「もちろん」と口元に手を当ててコロコロと笑った。

「お背が高くてハンサムで知的で。私があと五十歳若かったら、きっと恋に落ちていました」

「それはどうも」

百八十五センチの長身にすらりと長い手足。キリリとした意思の強そうな目元に真一文字の唇。初対面の相手には必ずと言っていいほど「ハンサム」「美男子」と称されるが、自分の顔に興味はないし顔で仕事をするわけではないので、いつも「それはどうも」と曖昧《あいまい》に返しておく。

「その後、会長のお加減はいかがですか？　両親共々心配しておりました」

この夏、脳梗塞で救急搬送された大久保会長の健康問題に話を振った。発見が早かったので後遺症も残らず、元通りゴルフ三昧の暮らしをしていることは先刻承知だ。

「おかげさまですっかり元気になりました」

「それは何よりです」

「入院中は『綾子《あやこ》、私はまだ死にたくない』『もう少しここにいてくれないか』なんてすっかり弱気になっていたのに、退院した途端に元の頑固爺《じい》さんに戻ってしまいましたわ」

拗《す》ねたように口を尖《とが》らせてみせる様子は、チャーミングな少女のようで、とても七十歳を過ぎているとは思えない。名家に生まれ日本有数の製薬会社の御曹司に嫁いだご令嬢は、幼少のみぎりから今日まで、箸より重い物など持ったことがないに違いない。

ヨーロッパのように歴然とした制度こそないものの、階級ヒエラルキーはここ日本にも確実に存在する。上流社会、セレブリティー、アッパークラス、ハイソサエティー——呼び方は様々だが、つまるところ一般の人間が入り込めないエリアというものが、善し悪しは別にして厳然と実在する。崇臣自身、そのエリアに属する人間だ。

菱田《ひしだ》崇臣は日本を代表する自動車メーカー・菱田自動車の社員だ。半年前、三十歳にして新事業企画開発部長に就任し、同時に執行役員の肩書を与えられた。三十代で役員。特例中の特例の昇進にもかかわらず、周囲に漂ったのは「さもありなん」という空気だった。買って当然の反感ややっかみの声がまったくと言っていいほど聞かれなかったのは、崇臣が現社長・菱田貞臣《さだおみ》の長男だからだ。菱田自動車は同族会社ではないが、曽祖父の代から菱田家がその経営を担ってきた。

幼少の頃から勉学に秀でていた崇臣は、東京大学工学部を首席で卒業後、大学院へ進学。電気工学系のラボで現在の地盤作りとなる様々な研究に勤《いそ》しんだ。とはいえ理系の人間にありがちな偏屈さはない。お世辞にも愛想がいいとは言えないが、大企業の役員として恥ずかしくない程度の社交性は身についていると自負している。実際父のみならず部下たちからの信頼も厚く、崇臣が次期社長に就任することを疑う者はいない。

この夜、崇臣は激務の間を縫い、都内のホテルで開かれている、とあるパーティーの会場にいた。

チャリティー・ガラパーティー。その名の通り、寄付金を集めることを目的として開催されるパーティーだ。参加者から集める参加費はもとより、企業などが出品した景品をオークションにかけた収益金なども、主催者である人道支援団体やNPO法人を通じて、世界中の災害・紛争・貧困・差別などに苦しむ人々の支援に回される。

食事や音楽などを楽しみながら社会貢献ができるこの手のパーティーは、欧米ではすでに一般的なものとして捉えられているが、日本では残念なことにまだまだ浸透していない。

「おお、崇臣くん、しばらくだったな」

大久保夫人が去っていくと、今度は初老の男性が寄ってきた。

——あの太鼓腹は確か……。

大手都市銀行の川原田《かわらだ》頭取だ。

「ご無沙汰しております、川原田頭取」

「はい。お父上はお元気かな？」

「はい。おかげさまで」

「そうそう、例のあの話だけどね——」

川原田が声を潜めた。パーティー会場には同業者も多いため、会話には「例の」だの「あれ」だのが多用される。

「前向きに検討させていただきます」

ビジネススマイルで応えると、川原田は「さすがは菱田の次期社長。話が早い。お父上によろしく伝えてくれたまえ」と言い残し、タキシードのボタンを弾《はじ》き飛ばしそうな太鼓腹をゆさゆさ揺らしながら去っていった。

はあと嘆息しながら、崇臣はようやくシャンパングラスを口にする。

「……美味《うま》いな」

複雑な味と長く持続するクリーミーな泡立ち、そしてこのトーストのような香りは、高級なシャンパンの証だ。社費とはいえ十万円以上の参加費を払っているのだから、シャンパンくらい楽しんでも罰は当たらないだろう。あっという間に飲み干してしまい、近くにいたフロアスタッフから赤ワインを勧められ、素直にグラスを手に取る。

「これも美味いな」

そういえばアルコールを口にすること自体久しぶりだ。このところ忙しすぎて、風呂上がりのビールを楽しむ余裕もなかったな、などと考えながらひとりワイングラスを傾けていると、背後からポンと肩を叩《たた》かれた。

「な～にジジババの相手ばっかりしてるのさ」

振り返るまでもない、この綿毛のように軽い口調は三つ年下の弟・晴臣《はるおみ》だ。崇臣はグラスに唇をつけたまま、微《かす》かに眉根を寄せた。

「話しかけられたから応じたまでだ」

「さっき高浜《たかはま》リゾートの陽南子《ひなこ》さんが近づいてくるのに気づいて、兄貴すーっと逃げたでしょ。若い女性に対して『近づくな』オーラ出てるよ？　気づいてる？」

「…………」

自覚があるだけに腹が立つ。小さな舌打ちも、晴臣は意に介さない。

「せっかくの機会なんだから、もっと若い子と話しなよ。今このフロア、間違いなく日本一良家のお嬢さま率の高い場所だよ？」

「興味がない」

「女に？」

「恋愛に。大体お前が来るとわかっていたら俺は出席しなかった。今からでも社に戻りたいくらいだ。今頃机の上で判子待ちの書類が雪崩を起こしている」

げんなりと嘆息すると、晴臣は「お気の毒」と笑いながら肩を竦《すく》めた。

晴臣を見ていると、父親も母親も間違いなく同じはずなのに、よくもまあこれほどまで正反対に育ったものだといっそ感動すら覚える。社長である父の期待を一身に受け、常に重圧と闘いながら仕事に邁進している崇臣は、晴臣に言わせると「言いたいことを呑《の》み込んでばかりの〝ザ・長男〟」らしい。

しかし崇臣に言わせれば、自分がその長男気質を遺憾なく発揮しているからこそ、晴臣は毎夜チャラチャラと遊び歩いていられるのだ。遊び相手を探すために自腹で会費を払ってまでパーティーに参加する神経は、十回生まれ変わっても崇臣には理解できないだろう。

「兄貴さあ、その歳《とし》で目の下に隈《くま》なんか作っちゃって、仕事と結婚するつもりなの？　会社はエッチさせてくれないよ？　羽目を外してこその人生なのに」

「俺の分までお前が外しているだろ」

「あっはは。言えてる」

何が「言えてる」だ。このチャラ男が自分の半分でも仕事に情熱を傾けてくれていたら、書類が雪崩を起こすことも目の下に隈を作ることもなくなるだろうに。崇臣はため息交じりに赤ワインを呷《あお》る。

「恋をしようよ。恋。命短し恋せよ乙女って言うじゃん」

「結構だ。お前の価値観を押しつけるな。そして俺は乙女ではない」

崇臣はまだ何か言いたそうな晴臣の横をすり抜け、テラスへと向かった。

三十歳で大企業の役員という肩書にまったく重圧を感じないといえばうそになるが、仕事にはやりがいを感じている。山が高ければ高いほど、越えた時の喜びは大きいと知っているから。しかし正直なところ、こういったパーティーの類だけはどうにも苦手だ。今夜もチャリティーでなければ出席することはなかっただろう。

——いや、やはり欠席はできなかっただろうな。

ことあるごとに「人脈こそが宝」と口にする父が、自分にもその理念を受け継いでほしいと願っているのを、崇臣は日々肌で感じ取っている。今夜も「出席する」と報告すると、父は満足げに「楽しんできなさい」と頷《うなず》いた。

忖度《そんたく》。どんな時もそんな言葉がついて回る。自由人の晴臣に〝ザ・長男〟と揶揄《やゆ》されるのも仕方がないのかもしれない。

テラスに続く扉を開ける。ホテル一階にあるパーティーホールは、数段の緩やかな階段を経て緑豊かなイングリッシュガーデンへと続いていた。ライトアップされた庭はどこか幻想的でため息が出るほど美しかったが、吐く息も凍りそうな二月の夜に、テラスで歓談する人の姿はなかった。

――少し飲みすぎたかな。

痛いくらいに凍《い》てついた空気が、火照《ほて》った頬に心地よい。

足元に光るランタン型のガーデンライトは、女の子とウサギの姿に象《かたど》られている。

「アリス……か」

そう言えば十六歳年下の末弟・愛斗《まなと》は、幼い頃『不思議の国のアリス』が大好きで、寝つく前によく絵本を読んでやった。

『あのね、まなとね、おっきくなったら、崇兄ぃみたいになりたい』

『俺みたいに？』

『べんきょも一ばんで、サッカーもじょうずで、お父さんからもたよりにされる、りっぱなおとな』

『あはは。じゃあ勉強も運動も、うーんと頑張らないとな』

『うん！　まなと、うーんとがんばる！』

遅くに生まれた愛斗は、家族のアイドル的存在だったのに、中学に上がったのを境に突如反抗期に突入したらしく、憧れだったはずの兄に対して『兄貴には関係ないだろ』などと、どこで覚えてきたのか壮絶に可愛《かわい》くない口を利くようになってしまった。

――チャラ男の次男に、中二病真っ只中《ただなか》の三男……か。

「なんだかなあ」

思わず見上げた夜空に星が瞬《またた》いていて、ああ東京にも星は輝くのかなどと、妙に感傷的になってしまう。やっぱり少し飲みすぎたようだ。

そろそろフロアへ戻ろうとした時だ。数メートル先の、丸や四角に刈り込まれたツゲの生垣がガサゴソと音を立てて動いた。

——白ウサギ……？

崇臣は足を止め、音のしたあたりを凝視する。すると数秒後、またしても生垣がガサガサと動いた。間違いない、そこに何者かが潜んでいるのだ。

『今このフロア、間違いなく日本一良家のお嬢さま率の高い場所だよ？』

だからなんだとさっきは鼻白んだが、興味がないなどと言っている場合ではなくなった。パーティー客の多くは日本の政財界を担っている重鎮や、その子息、息女だ。

——まさか、テロ。

背中にひやりとしたものを感じた瞬間、ツゲの茂みから黒い塊が飛び出した。黒ずくめの男だ。大きなリュックサックを背負っている。

——あの中に爆薬が……。

崇臣は反射的に男を追った。

「待て！」

叫び声に、男は「ひっ」と小さな悲鳴を上げて飛び上がった。崇臣はその首根っこをむんずと摑《つか》むと、逃げを打つ身体《からだ》をレンガ敷きの通路にうつ伏せにねじ伏せた。

「ぐ……えっ」

「観念しろ」

「ぼ、僕は、決して怪しい者では」

リュックサックの上から崇臣に圧《お》しかかられ、賊はゲホゲホとせき込む。

「怪しいか怪しくないかを決めるのは俺だ」

「はっ、放して……苦しっ」

「ここで何をしていた。このリュックに何が入っている。言え」

「ぼ、僕はただ、パーティーを抜け出して……ゲホッ」

「抜け出した？」

崇臣はあらためて男を見下ろした。ガーデンライトに照らし出された彼が身に纏っているのは、言われてみれば確かに黒いタキシードだった。零度を下回ろうかという気温の中、なぜかコートを羽織ることなく腕に抱えている。タキシードもコートも、夜目にもわかるほどとびきり上質だ。

「お前、パーティーの出席者なのか」

男はかくかくと頷いた。崇臣が腕の力を緩めると、男は「ひゅーっ」と不足していた酸素を補給する。そのまま立ち上がろうとしたが、リュックサックの重さに耐えかねたようにストンとその場に尻餅をついてしまった。

そのあまりに弱々しい姿に、崇臣は思わず「大丈夫か」と手を差し伸べてしまった。

白ウサギならぬ黒ウサギは、藤堂寺《とうどうじ》家の次男・光彦《みつひこ》と名乗った。藤堂寺家と言えばその界隈では知らぬ者のいない旧華族だ。現当主の藤堂寺昌彦《まさひこ》は、直接言葉を交わしたことこそないが、今夜のようなパーティーの会場で何度か見かけたことがある。

「藤堂寺昌彦は、僕の父です」

「そうだったのか。不審者と勘違いをしてすまないことをした。私は菱田崇臣だ」

「菱田……もしかして、菱田自動車の？」

光彦が一瞬その瞳を輝かせた。

「ああ。怪我《けが》はないか？」

「大丈夫です」

光彦はようやくのろのろと立ち上がった。タキシードについた砂を払うのを手伝ってやると、光彦は「ありがとうございます」と恭しく頭を下げた。自分を賊と勘違いして襲いかかってきた相手だというのに。

「高校生……じゃないよな」

「G大の二年生です。半年前に成人しましたので、先ほど乾杯もいたしました。とても美味

しいシャンパンでした」

ふわりと向けられた笑顔に、なぜかドキリとした。

どこか幼さを残しながらも、その顔立ちには隠しきれない上品さが漂っている。さらりと癖のない黒髪、凛《りん》と澄んだ瞳、穏やかな笑みを湛《たた》えた艶《つや》やかな唇。

――これが深窓の令息か。

「藤堂寺家のご子息が、パーティー会場を抜け出して、こんな暗がりで何をしていたんだ」

その質問を向けた途端、光彦の表情から笑みが消えた。

「言いたくないのなら別に構わないが、さっきのきみは完全に不審者だったぞ。ホテルの従業員に見つかったら間違いなく警察に通報される」

警察という言葉に、光彦がぎょっとしたように目を見開いた。

「ほ、法に触れるようなことは何も。僕はただ……」

光彦はしばらくの間何かを迷うように言いあぐねていたが、やがて意を決したのか「実は」と口を開いた。

それは遡《さかのぼ》ること十四時間ほど前のことだったという。朝食を済ませた直後、光彦は父・昌彦の書斎に呼ばれ、思いもよらないことを告げられた。

「婿養子に行けと言われました。突然」

「婿養子？」

「はい。一週間後、同じ旧華族である前園《まえぞの》家のひとり娘・頼子《よりこ》さんと見合いの席を用意した。見合いと言ってもすでに婚約は決定事項で、確認のための顔合わせに過ぎない。お前はこのまま藤堂寺家に残っても当主にはなれない。婿養子になって世継ぎを作り、前園家をもり立てていきなさいと」

「本当にそう言われたのか。きみの意訳ではなく」

「いいえ、父の言葉そのままです」

「世継ぎって……」

一体何時代の話だろう。あまりに時代錯誤な話に、崇臣は言葉を失う。

「同じ旧華族と申しましたが、藤堂寺家が子爵家であるのに対し、前園家は伯爵家です。格が上なんです」

かつての華族は男性の家督継続者がいなくなった時点で、その爵位を失った。ゆえに男子の生まれなかった華族にとって、養子は家の存亡に係《かか》わる重大事項だった。

「しかしそれは、華族制度があった頃の話だろ」

「もちろん現在は制度そのものが廃止になっています。けれど『旧』という文字を頭につけながらも、当時の価値観や考え方を根深く残している者が界隈には今も大勢います」

父のように、と光彦は唇を噛《か》んだ。

「その昔、藤堂寺家は陞爵《しょうしゃく》に失敗しました。陞爵――ご存じですか」

「爵位のランクアップだろ？」

「はい。口にこそ出しませんが、父はそのことを恥じているのではないかと思うのです」

「だからきみを伯爵家である前園家に？」

光彦は俯《うつむ》き加減に「はい」と頷いた。

「政略結婚の匂いがしませんか？」

「……否定はできないな」

「これは間違いなく政略結婚です。怪しい匂いがぷんぷんします」

「……ぷんぷん」

「はい。ぷんぷん」

真顔で頷く光彦がなんだかちょっと可愛くて、腹筋が軽く痙攣《けいれん》した。

「たとえ政略結婚だとしても、僕は何がなんでも婿養子に行くのが嫌だと駄々をこねているわけではありません。ある意味特殊な家柄に生まれ、しかも次男ですから、そういう可能性を想像していなかったわけではありません。ただ百歩……いえ一億万歩譲って見合いをするとしても、事前に『お前の考えはどうだ』と、ひと言尋ねてくれるのが普通の親ではないでしょうかっ？」

光彦は次第に早口になりながら捲《まく》し立てた。夜目にもわかるほど頬を紅潮させている。心底腹を立てていることが伝わってきたので「一億万歩」に突っ込むのはやめておいた。

「僕はこれまで、父に口答えをしたことは一度もありませんでした。大学だって、本当は国立のT工大に行きたかったんです。模試でも常にA判定をもらっていましたし」

「優秀なんだな」という崇臣の言葉さえ耳に届かないらしく、光彦は独白を続ける。

「それなのに父は『藤堂寺家の人間は代々G大に進学すると決まっている』と言って一切聞く耳を持たず、滑り止めに受けていたG大の入学手続きを勝手に済ませてしまって……」

積もり積もった不満が満を持して溢《あふ》れ返ったのだろう、光彦は拳《こぶし》を震わせた。

「今度という今度はどうしても許せませんでした。だから」

『僕はお父さまの操り人形ではありません！　僕の人生は僕のものです！』

「啖呵《たんか》を切ったわけだ」

「あとはもう、売り言葉に買い言葉といいますか……」

大人《おとな》しく従順な息子の初めての反乱に、父はほんの一瞬たじろいだものの、すぐに眦《まなじり》を吊り上げ息子と同じ勢いで言い返してきたという。

『これまで私の意見に従ってきて、一度でも間違った道を選んだことがあったか？　お前はまだ何もわかっていない』

『わかっています。少なくともお父さまよりずっと頭が柔軟です』

『私の頭が固いと言いたいのか！』

『事実を申し上げたまでです！』

『生意気を言うんじゃない！　誰のおかげでここまで大きくなったと思っているんだ！』

前代未聞の親子喧嘩《げんか》に発展してしまったのだと、光彦は肩を落とした。その瞳は、まるで明日地球が滅亡すると聞かされたような深い憂いを帯びていた。

出来の悪いホームドラマのような親子喧嘩を想像して可笑《おか》しくなったが、おそらく光彦にとっては突如降って湧《わ》いたアルマゲドン並みの非常事態なのだろう。

反抗も反論も許さない絶対的存在の父親。抗えない宿命に果敢に挑もうとする青年に、崇臣はいつしか自分の姿を重ねていた。自分と光彦は生まれ育った環境も置かれている立場もまるで違う。しかし崇臣もまた、生まれ落ちた瞬間から「菱田自動車の行く末を担っていく」運命にあった。

今の環境から逃げ出したいと思ったことはないが、自分を縛る目に見えない何かに抗い、どうにもならないとわかっていてももがく光彦の気持ちは理解できる。

「しかし、それならなぜ今夜ここへ来たんだ」

今後の人生を左右する重大案件なのだから、パーティーに出席している場合ではないだろうに。

「おっしゃる通りなのですが、今夜のパーティーの主催者は祖父の代から懇意にしていて、僕も幼い頃からお世話になっている方なので」

こっそり会場を抜け出しクロークでコートとリュックサックを受け取ったところを、運悪くその主催者に見つかってしまったのだという。

『あれ、光彦くん、もうお帰りかな？』

『い、いいえ、ちょっとハ、ハンカチを取りに』

『そうですか。今夜は来てくれてありがとう。最後まで楽しんでいってください』

主催者の優しい笑顔をまともに見ることができなかった。やむを得ず正面突破を断念し、荷物を抱えてこそこそと会場に戻った。しかしすぐに父の暴言を思い出し己を奮い立たせ、テラスからの脱出を試みたのだという。

「なるほど」

緊急事態にも義理を欠かない律義さは、育ちの良さの証か。崇臣はちょっぴり脱力する。

「菱田さん。僕は何か間違ったことを言っているでしょうか」

「いや、きみが腹を立てるのは当然だ」

同じ事態がわが身を襲えば、崇臣だって黙ってはいない。深く頷くと、光彦は俯けていた顔をパッと上げた。

「ですよね！　僕は間違っていませんよね？」

「ああ。きみは間違っていない」

光彦の表情がぱあっと明るくなる。

——笑うと……可愛いな。

上品さに無邪気な可愛らしさが加わった笑顔に一瞬、我を忘れて見惚《みと》れた。

父親の暴挙に耐えかねた令息は、パーティーの喧騒に紛れて会場から脱出した後、さしずめそのまま家出を図るつもりだったのだろう。背中の大きなリュックサックに身の回りのものを詰め込んで。

――深窓の令息、決死の家出……ってとこか。

「光彦くん」

初めてその名を口にした時だ。テラスの方から「どうかなさいましたか」と声がした。振り返るとホテルのスタッフが懐中電灯を片手にこちらを窺っている。崇臣は咄嗟《とっさ》に光彦の背中に腕を回し、その身体を抱き寄せた。ほっそりとした身体が小さな動物のように震えている。

崇臣は光彦を庇《かば》いながら、努めて明るい声で答えた。

「なんでもありません。お庭を拝見していたら懐中時計を落としてしまったんですが、無事見つかりました。ご心配なく」

もっともらしい返答にスタッフは納得した様子で「ごゆっくり散策をお楽しみください」と笑顔でフロアへ戻っていった。

「もう大丈夫だ」

微笑《ほほえ》みかけると、腕の中の身体から力が抜けた。崇臣はあらためて光彦を見下ろす。

「光彦くん、俺と一緒にここを抜け出さないか」

「え？」

「そのつもりだったんだろ？」

背中のリュックサックを指さすと、光彦は戸惑ったように瞳を揺らした。

「それは……そうなんですけど」

「もたもたしていると、また誰かに見つかるぞ。家に戻りたくないんだろ？」

光彦はしばらく逡巡《しゅんじゅん》している様子だったが、ほどなく決心がついたらしく、大きくひとつ頷き崇臣を見上げた。

「菱田さん、僕をここから連れ出してください。お願いします」

真っ直《す》ぐな視線を、崇臣はしっかりと受け止める。

「建物の西側にあまり知られていない出入口がある。そこから入れば会場を経由せずに正面玄関に出られる」

このホテルは仕事やプライベートで何度も利用したことがある。

「行こう。こっちだ」

光彦の手を取り、ツゲの生垣に沿って歩き出した。真冬の冷気で凍えた指が、縋《すが》るようにきゅっと握り返してくるから、なんだか妙な気分になる。

——何をしているんだ、俺は。

知り合ったばかりの青年、それも旧華族の子息の家出に加担することに、なんの罪悪感も覚えていない自分に驚いた。彼を連れ出すということは、当然崇臣自身もこのパーティーを途中退場することになる。父に知れれば渋い顔で理由を尋ねられるだろうが、「体調が悪くなったので」と答えれば済むことだ。

――このお坊ちゃんは、そんな言い訳すら思いつかなかったのだろうか。

どこまでも純粋培養なんだなと思ったら、またぞろ笑いが込み上げてきた。

『僕の人生は僕のものです！』

それこそ箸より重いものなど持ったことのないような顔をして、一体どんな表情で、どんな勢いで怒鳴ったのか、その時の光彦を見てみたかった。

ひとりアルマゲドン状態の光彦には申し訳ないが、崇臣は珍しく心が浮き立つのを感じていた。突然訪れたこの小さな冒険に少なからずわくわくしている自分がいる。子供心などとうの昔に忘れてしまったと思っていたのに。

幼い頃から文句のつけようのない優等生だった。小学生の頃、子供だけで遊びに出かける時も、友人たちの親から『崇臣くんが一緒なら安心ね。くれぐれもよろしくね』と、子供たちが悪の道へ足を踏み外さないための重石《おもし》にされていた。

寄せられる圧倒的な信頼を重荷に感じたことはなかった。時折面倒に感じることもあったが、最終的にはいつも大人たちが満足するよう、与えられた役目を全うした。幼心に自分の立ち位置はそういうものだと理解していた。

今夜の奇行を見たら、あの頃の自分はなんと言うだろう。優等生らしく眉を顰《ひそ》めるだろうか。目を丸くするだろうか。想像したらククッと笑いが込み上げてきた。

「大丈夫か」

振り返ると、光彦は不安と期待の入り混じった瞳で「はい」と頷いた。

もしかすると光彦にかこつけて、崇臣自身がここを抜け出したかったのかもしれない。

――ま、どうでもいい。なるようになるさ。

およそ自分らしからぬ思考に陥っているのはきっと、久しぶりに飲んだシャンパンと、自分を頼るように強い力で握り返してくる、この手のひらのせいだ。


首尾よくホテルを脱出したふたりは、そのままタクシーに飛び乗った。崇臣は光彦をホテルからほど近い路地にあるバーへ案内した。カウンター以外にはテーブル席が三つあるだけのこぢんまりとした店だが、主に仕事に疲れた時、ひとりでふらりと訪れるお気に入りの場所だ。

奥まったテーブル席に向かい合って腰を下ろした。光彦は落ち着かない様子でドアの方にチラチラと視線をやっている。

「ひとまず脱出成功だな」

「誰にも見られなかったでしょうか」

「少なくとも俺たちのタクシーをつけてきている車はなかった。安心しろ」

「……はい」

「乾杯」

「……いただきます」

ハイボールで乾杯する。最高級のシャンパンも美味いが、仕事から解き放たれて飲む酒の味に敵《かな》うものはない。強めの炭酸の刺激が心地よくて、喉がカラカラだったことに気づく。光彦も同じだったのだろう、思い切りのよい飲みっぷりで一気にグラスを空にした。

「はあ、美味《おい》しい」

ようやく緊張が解《ほぐ》れたのか、光彦はひと仕事終えた後のようにほうっとため息をついた。

「飲める方なのか？」

「えっ、ああ、すみません、喉が渇いていて」

一気飲みを窘《たしな》められたと勘違いしたのか、光彦は恥ずかしそうに「普段は嗜《たしな》む程度です」と頬を染めた。そのほっそりとした首筋に、思わず視線が吸い寄せられる。

——なんというか……。

かなり華奢な体軀《たいく》ではあるが、女性のそれとはまったく違う。しかしグラスの縁をなぞる指は透けるように白く、男だとわかっているのにどこか性的な匂いを感じてしまう。

――脱走の余波かな。

小さな冒険の興奮が、まだ残っているのかもしれない。

「俺はロックにする。光彦くんは？」

二杯目をどうするかと訊《き》くと、光彦は「菱田さんと同じもので」と微笑んだ。割らなくて大丈夫なのかと尋ねようとしたが、子供扱いするのも失礼かと思い、バーボンのロックをふたつ注文した。

「美味しいですね」

光彦は喉が焼けるほどの強い酒にも顔色ひとつ変えることなく、上品さを保っている。おそらくこの深窓の令息は、骨の髄まで上品なのだ。キャンパスを歩きながら、すれ違う友人に「ごきげんよう」なんて挨拶しているに違いない。

「あの、どうかしましたか」

無意識に笑みを浮かべていたらしい。崇臣は「いや、なんでもない」と首を振った。

理由はわからないけれど、何やら楽しい夜になりそうな予感がした。

「昔からなんです。父はとにかく頑固で、自分がこうと決めたことは周りがどんなに反対しても頑として譲ろうとしないんですっ」

酒が進むにつれ、光彦は饒舌《じょうぜつ》になっていった。成人男性にしては高めの澄んだ声は、高原に響く野鳥の囀《さえず》りのようで耳に心地よく、いつまでも聞いていられる気がした。

「いきなり婿養子に行けなんて、しかももう決定事項だなんて、完全に人権侵害です。いくらなんでもひどすぎると思いませんか？」

「ああ。確かにひどい」

「怒り心頭になるのはおかしいですか？」

「いや、ちっともおかしくない」

「そうですよね。当然ですよね。僕だけでなく、誰だって怒髪天を突きます」

光彦はロックのグラスをくいっと呷る。はてこれは何杯目だったか。

「それで、これからどうするつもりなんだ」

パーティー会場脱出に成功して、めでたしめでたしというわけではないだろう。どう考えてもここから先、クリアしなければならない問題が山積みのはずだ。

「今回の家出の目的はなんだ。まさか勢いだけで決めたわけじゃないんだろ？」

「はい。目的のひとつは、僕がどれほど傷つき怒っているかを父に伝えることです。言葉で反論してもまったく伝わっていないようなので、実力行使です。父は癇癪《かんしゃく》持ちな半面実はとても心配性なので、今夜僕が帰宅しなければきっとすごく慌てると思います」

「なるほど」

「僕の本気度を知って、自分がどれほど横暴なことをしたかに気づいてほしいのです。最終的な目標は、勝手に決めた頼子さんとの婚約を撤回してもらうことです。できればひと言謝罪してほしいです。それと、ご質問の『これからどうするつもりか』についてですが」

光彦はグラスをテーブルにコトリと置くと、「実は」と俯けていた顔を上げた。何か具体的なプランがあるのだろうか。

「口論の際、つい『僕には将来を約束した恋人がいます！』と言ってしまったんです」

「いるのか」

「いません。怒りのあまり咄嗟にうそをついてしまいました」

「それでお父さんは？」

「『私にうそをつくとはいい度胸だな』と、鼻で笑われました」

「バレバレだったわけだ」

「恋人がいないのは事実ですが、お前に恋人などいるはずがないと決めつけるような口調に、余計に腹が立ちました。それで『うそではありません！』と怒鳴り返すと『ならば今すぐここへ連れてきなさい』と」

「まあ、当然そうなるだろうな」

咄嗟のこととはいえ未来の自分を追い込むようなうそをついてどうすると、崇臣は心の中で呆《あき》れる。

アンガーマネジメント。脳裏に浮かんだ言葉をしかし、ここで光彦に突きつけるのは酷だ。

そもそも強い怒りをコントロールしなければならない状況に陥ったこと自体、初めての経験だったのだろう。

――二十歳といってもまだまだ子供だな。

崇臣はちょっぴり微笑ましい気分になる。ところが次の瞬間、光彦は思いもよらないことを口にした。

「だから僕、決めたんです。かくなる上は、自らがついたうそを現実化しようと」

「現実化？」

意味がわからず、崇臣はグラスを手にしたまま首を傾《かし》げた。

「はい。恋人がいれば、僕はうそをついたことにはなりません」

驚いたことに光彦は、パーティー会場を抜け出した足で夜の街へ向かい、恋人の役を引き受けてくれる女性を探すつもりだったのだという。

「偽装恋人ってことか」

光彦は強い眼差《まなざ》しで「はい」と頷いた。父の眼鏡にかないそうな若い女性に片っ端から声をかけ、お金で契約をしてしばらくのあいだ恋人を演じてもらう計画だという。

「どんな手段を使ってでも協力者を探し出してみせると、心に誓って家を出てきました」

光彦は責任感の強い刑事のように、力強い声で決意表明をする。

「いくらなんでも無理があるだろう。それにきみみたいなお坊ちゃんが夜の街をうろうろしていたら、あっという間に狼《おおかみ》の餌になるぞ」

思わず眉根を寄せると、光彦はちょっと傷ついたように瞳を揺らした。

「でも……」

「まだ知り合いに頼む方が現実的なんじゃないか？　あ、決してそうしろと言っているわけじゃないぞ」

「それも考えましたが、家族の揉《も》めごとに友人や知人を巻き込みたくないのです。ドライに割り切ってお金で雇った方が、相手の方も僕自身も後腐れがないかと思いまして」

「後腐れって……」

どこから突っ込めばいいのだろう。発想が斜め上すぎて、崇臣は軽い目眩《めまい》を覚えた。深窓の令息は、怒髪天を突きすぎて正常な思考の軌道を外れてしまったのか。

夜の街で手あたり次第若い女性に声をかけようなどという、歌舞伎町のホストもびっくりな発想が、この雅《みやび》でたおやかな青年の頭の一体どこから湧いてくるのか。そしてそれほどまで切羽詰まっているというのに「お世話になっている方の主催なので」とチャリティーパーティーに出席する生真面目《きまじめ》さとのギャップに、彼は気づいているのだろうか。

——多分気づいていないな。

憂い嘆きながら、光彦は小気味よいくらいの勢いでくいくいとグラスを空にした。

「菱田さん、お作りします」

光彦がいそいそと崇臣のグラスに手を伸ばす。

「ああ、頼む」

気づけばさっき入れたボトルが、いつの間にかほぼ空になっている。

――さすがにちょっと回ってきたな……。

さっきから何度欠伸《あくび》を噛み殺しただろう。

仕事柄、気乗りのしない酒席に呼ばれることも少なくない。アルコールに対する耐性は人並みにあると自負しているが、このところの忙しさで十日以上アルコールを口にしていなかったせいか、今夜はいつもより酔いが回るのが早い気がする。

――それにしても。

「バーボンって、あまりいただく機会がないんですけど、本当に美味しいですね」

光彦は崇臣とほぼ同じ量を、いやおそらくそれ以上の量を飲んでいる。にもかかわらず顔を赤くすることもなく、まるでジュースでも飲むように喉に流し込んでいるのだ。

「大人のお酒っていう感じです」

幼さの残る無邪気な微笑みに、我知らず鼓動が跳ねる。男にしておくのがもったいないくらいきれいな顔だなあと、衒《てら》いもなく感じてしまうのは、やはり酔いが回ってきたせいか。

「ギリギリまで迷ったんですけど、僕、パーティーに出席してよかったです」

「……ん、どうして」

いけない、また欠伸が。

「こうして菱田さんと出会えました」

「……そうか」

視界が揺れる。光彦がふたりに見えてきた。そして回っている。

「こういうのを、一期一会って言うんですね」

「……かもな」

「菱田さん、もしかして眠いんですか」

「……悪い」

「全然悪くないです。お疲れなんですよね」

「……ああ」

目蓋《まぶた》の重みを支えられず、崇臣はついに目を閉じ、テーブルに突っ伏した。

「あの、バーボン、もう一杯いただいちゃっていいですか」

意識が朦朧《もうろう》として、小さく頷くのが精いっぱいだった。

——なにが「嗜む程度」だ。とんでもない蟒蛇《うわばみ》じゃないか。

腹の中で毒づく。

よもや十歳も年下の大学生に潰《つぶ》される日が来るとは。情けなさの中にほんの少しだけ爽快感を覚えながら、崇臣はその意識を急速に遠のかせていった。

◇◇◇

崇臣の自宅は、都心にある菱田自動車本社からほど近い場所に建つ、超高級マンションの最上階にあった。午前七時。光彦はしーんと静まり返ったリビングで部屋の主が目覚めるのを待っていた。

昨夜は緊張のあまり一睡もできなかった。およそ六時間、こうしてリビングの片隅にちんまりと正座している。

――本当にいいのだろうか……。

大いなる罪悪感ともう後へは引けないという決意に、太腿《ふともも》の上の拳にぎゅっと力が入る。

あまりに理不尽な父のやり方にかつてないほどの怒りと反発心を覚え、人生初の――何度もあったらそれはそれで問題なのだが――家出を強行した。

勢いで根も葉もないうそをついてしまった。

『僕には将来を約束した恋人がいます！』

怒りで感情のコントロールができなくなったのも生まれて初めてのことで、父に向かって吐いた自分の言葉が未《いま》だに信じられない。父の導火線が短いことは重々承知していたが、今度ばかりはさすがに堪忍袋の緒が切れ、爆薬に直接火を放つような真似《まね》をしてしまった。

父にとって光彦の意見など、野良猫がにゃあと鳴いたのと同じ意味しか持たないのだ。路傍の石ほどの価値しかないのだ。悔しくて、やるせなくて、涙も出なかった。

夜の街で恋人役を引き受けてくれる女性を探そうと決意した。しかしそんな大胆なことが自分にできるのだろうかと、正直言ってまったく自信がなかった。自信はないが実行しなくてはならない。退路を断ったのは己なのだから。恋人を連れて帰らない限り、父は前園家との婚約話を強引に進めてしまうだろう。

逡巡しながらも、光彦はパーティー会場を抜け出した。そして中庭で菱田自動車の御曹司・崇臣と出会った。もとい、不審者として崇臣に捕獲された。

万事休すと思ったが、事情を話すと意外にも崇臣はその場で納得してくれた。のみならずホテルの従業員に見つかりそうになった自分を、抱き寄せて庇ってくれた。

背中に回された逞《たくま》しい腕の力に、心臓がバクバクと鳴った。見つかったら父の元へ送還されてしまう。そんな怯《おび》えは確かにあったけれど、なぜだろうこの腕の中にいればきっと大丈夫だと思えた。

『光彦くん、俺と一緒にここを抜け出さないか』

ぎゅっと強く握られた手の感触が、今もまだ残っている。温かくて大きな手のひらが、無謀にも単身大海原に漕《こ》ぎ出した光彦という名のボートを、水先案内人のように誘ってくれた。

自分より頭半分以上背が高い。きりりと端整な顔立ちは眉目秀麗と称するにふさわしく、同じ男なのに思わず見惚れそうになった。しかも三十代で日本を代表する大企業の役員だという。見るからに頭が切れそうだし、気難しい人だったらどうしよう、父の元へ帰った方がいいと説得されたらどうしようとビクビクしていた光彦だが、崇臣は光彦の怒りと苦悩に理解を示してくれた。

『きみみたいなお坊ちゃんが夜の街をうろうろしていたら、あっという間に狼の餌になるぞ』

呆れたような表情にひっそり傷ついた。世間知らずと言われた気がして。

藤堂寺家は江戸時代、旗本出入りの袋物商だったが、明治に入り七代目・芳太郎《よしたろう》が洋裁店を開き、陸軍騎兵隊の馬具製造を始め事業を発展させた。その後芳太郎の弟・倫太郎《りんたろう》がニューヨークへ渡り日本の骨董品を売り大成功を収め、帰国後日本で陶器メーカーや食器メーカーなどを次々に創業した。祖父の代からは経営の第一線から退き、現当主である父は美術館や博物館などの運営に当たっている。

とはいえ都内一等地にある自宅は敷地面積が六百坪ほどもあり、幼い頃はしばしば敷地内で迷子になった。屋敷は部屋数が多すぎて、二十年以上暮らしていても一度も足を踏み入れたことのない部屋がいくつもある。

そういった特殊な環境に生まれ育ったため世情に疎い自覚はあるが、それでも今度ばかりは引くわけにはいかなかった。この世に生を受けて二十年と数ヶ月、光彦は恋というものをしたことがない。晩生なのか淡泊なのか、友人たちの恋愛話にも今ひとつ関心が持てずにいた。けれど自分以外の誰かの手で、自由に恋をする権利を奪われるのは絶対に嫌だ。

今のところ予定はないが、いつの日かどこかの誰かを好きになり、恋に落ち、友人たちのようにドキドキしたりめそめそしたり、手を繋《つな》いだりデートをしたり……その先のあれこれだってひと通り経験したいと思っている。

だから、全身全霊で抗《あらが》おうと思った。

狼の餌になるか、政略結婚の餌食になるか。究極の二択を突きつけられた光彦の前に、彗《すい》星《せい》のごとく現れた救世主は、酒が進むにつれどんどん気さくになっていった。潤んだ瞳が色っぽくて、ああこんな瞳で見つめられたら、世の女性たちはイチコロだろうと思った。

いつだったか同じゼミの女の子たちが『この世には視線で女を妊娠させる男がいる』と話しているのを聞いて、くだらない都市伝説だと鼻白んだ光彦だったが、崇臣なら視線で女性を妊娠させることができるかもしれないと思う。それほどまでに危険な色香を放つ瞳だった。

優しくて、行動力があって、思考が柔軟で。なんて素敵な人なのだろうと思った。

——もし僕が女性だったら……。

そう考えた瞬間、光彦の脳裏にキラリと閃光《せんこう》が走った。この四面楚歌《しめんそか》の状況を打破する名案が浮かんだのだ。

『お願いがあります、菱田さん。僕の恋人役を引き受けていただけませんか』

思いのほか酔いが回っている様子の崇臣は、半開きの目で『あ?』と首を傾げた。そのトロリとした瞳に思わず『妊娠しそう』とドキドキしたことは内緒だ。

『お願いです！　後生です！　菱田さん以外に頼める人はいないいんです』

『何……バカなこと……』

『僕が夜の街で狼の餌になってもいいんですか?』

『俺は……男……』

『承知の上でお願いしているんです！　よろしくお願いいたしますっ！』

選挙の街頭演説のごとく説得を試みたのだが、崇臣はこっくりこっくりと船を漕ぎ始めてしまい、光彦は慌てた。

嗜む程度という自己紹介にうそはないが、あくまでそれは藤堂寺家を基準とした話だ。都内の外れ、広大な緑の敷地に建つ藤堂寺記念館の奥庭には、大の酒好きだった曽祖父が趣味を兼ねて作った酒蔵がある。代々アルコールに対して非常に強い耐性がある血筋らしく、自慢ではないが光彦も酒の席で恥ずかしい思いをしたことはない。というより、どこまで飲めば酔っ払うのか自分でもよくわかっていないのだ。つまるところ、無敵の酒豪だ。

グラスを手にしたまま、崇臣はゆらゆらと身体を揺らす。正体不明になった崇臣を見て、光彦は一旦説得を諦めるしかなかった。

明日、あらためてお願いするしかないだろうか。しかしそれには明朝まで崇臣と一緒にいる必要がある。

――困ったな。

もやは返事もしなくなった崇臣は、困惑する光彦をよそに、カクンと切れるようにテーブルに突っ伏し寝息を立て始めてしまったのだった。

かくして幸か不幸か泥酔した崇臣と共に彼のマンションへとやってきたわけだが、光彦はまだ迷っていた。

――こんなことしていいのかな、本当に。

いや、躊躇《ためら》っている場合ではない。いいのかなも何も、作戦はすでに始まっているのだ。

――やるしかない。

ひとり強く頷きながらぐっと唇をかみしめた時だ。寝室のドアが開き、のそりと崇臣が出てきた。緩み切った寝起き姿もこれはこれでとても素敵……などと脳裏に過《よぎ》った寝ぼけた感想を振り払う。

「おはようございます、崇臣さん」

リビングの隅っこにちんまり正座したまま声をかけると、崇臣はドアノブに手をかけたまままぎょっとした様子で目を見開いた。

「き、きみは……」

「あらためまして、藤堂寺光彦です。この度は僕の大変不躾《ぶしつけ》なお願いを快くお聞き入れくだされないたい、崇臣さんが引き受けてくださらなかったら、僕は今頃夜の街で狼の餌になっていたことでしょう。本当に感謝の言葉もありません。この上は、崇臣さんの恋人として誠心誠意、精一杯、あらん限り――」

「待て待て待て、ちょっと待て」

畳みかける光彦に、呆然《ぼうぜん》としていた崇臣がようやく口を開いた。

「一体なんの話だ。あと『崇臣さん』ってなんだ」

「まさか昨夜のこと、覚えていらっしゃらないんですか」

今度は光彦が目を見開いた。

「記憶がない、とかおっしゃいませんよね」

不安そうな声で尋ねると、崇臣はあからさまに瞳を揺らした。

「きみのことは覚えている。昨夜ホテルの中庭できみを見つけて……確か意に染まない婚約話の件でお父さんと大喧嘩をして家出を決意したんだったよな？」

「はい。崇臣さんは僕の手を取り『俺と一緒にここを抜け出さないか』とおっしゃってくださいました。バーでのことは覚えていらっしゃいますか？」

崇臣は眉間に彫刻刀で彫ったような深い皺《しわ》を寄せ、「うーん」と苦しそうに唸《うな》った。

「記憶違いでなければ、きみに何かを頼まれた気がするんだが」

「何か、とは？」

崇臣は眉間の皺をますます深くし「すまない」と項垂《うなだ》れた。

「本当に覚えていらっしゃらないんですか？」

「……申し訳ない」

「そうですか。確かにかなり酔っていらっしゃいましたからね……残念です」

光彦はすくっとその場に立ち上がった。そしておもむろにシャツのボタンを上から順にひとつひとつ外していく。その動きに、崇臣がぎょっとしたように顔を上げた。

「お、おい、何をしているんだ」

「これを見ても思い出していただけませんか」

光彦はシャツの前立てを開き、素早く肌着を捲り上げる。薄っぺらい胸板とほとんど肉のついていない腹を露《あら》わにすると、崇臣は「なっ」とひと言発したまま瞠目《どうもく》した。

言葉を失うのも無理からぬことだ。青白い胸や腹には、大小無数のキスマークがちりばめられていたのだから。

「それは……俺が？」

たっぷり三十秒沈黙した後、崇臣はようやく重苦しい声を発した。

「僕が自分でつけたとでも？」

実はその通り、光彦が自身の手でつけたのだ。男らしく整った顔がみるみる苦悩に歪《ゆが》んでいくのを見るのは忍びないが、もう後へ引くことはできない。

「僕がうそをついているとでも？」

「そんなことは……」

「ひどい人ですね」

朝方までひとりでぶつぶつと台詞《せりふ》を練習した甲斐《かい》があって、かなり悲壮感を醸し出すことができたのではないだろうか。崇臣はその瞳に絶望の色を浮かべ、大きなため息とともに天井を仰いだ。

「すまない。本当に何も覚えていないんだ」

「崇臣さんは覚えていなくても、僕は覚えています。一生忘れることはないでしょう」

「謝って許されることではないと思うが……申し訳なかった」

崇臣は光彦に向かって深々と頭を下げた。

——これは……犯罪だ。

父についたひとつのうそが、別のうそを呼んだ。自分はこれからいくつのうそを重ねていくことになるのだろう。光彦は沈みそうになる気持ちを無理矢理《むりやり》奮い立たせる。まだ作戦は始まったばかりなのだ。

「済んでしまったことはもう結構です。時間を巻き戻すわけにはいきませんから。それより」

光彦は崇臣が顔を上げるのを待ち、「実は」と切り出した。

「今からここへ、祖母が参ります」

「祖母って、きみのお祖母《ばあ》さまか」

「はい」

三歳の時、病気で実母を亡くした光彦は、四つ年上の兄・晃彦《あきひこ》とともに父方の祖母・真知《まち》子《こ》に育てられた。兄弟のいわば母親代わりだ。

光彦がパーティー会場から抜け出したようだと知り合いから連絡を受けた真知子は、即座にホテルに電話を入れたらしい。ほどなく別の知り合いの親戚である当該ホテル従業員から「菱田自動車のご長男の崇臣さまとご一緒に会場を出られたようです」という情報を得たのだという。

「年齢を重ねている分、祖母の情報網は広大です」

「誰にも見られていないと思ったのに」

崇臣が悔しそうに唇を嚙んだ。

「しかしなぜきみが俺のマンションにいることまでわかったんだ」

「その件についてですが、実は僕から知らせました」

「なっ……」

あんぐりと口を開いたまま固まる崇臣に、光彦は淡々とした口調で語った。

「なぜ、とおっしゃりたいのですか？　それは崇臣さんが昨夜の記憶を失《な》くしていらっしゃるからです。僕は昨夜あなたに『どうか僕の恋人役を引き受けてくださいませんか』とお願いしました。そしてその後、この部屋までご一緒させていただき、かりそめとはいえあなたと……そういう関係になりました。ですからそれをもって、偽装恋人の件を承認していただけるのだと理解いたしました」

「それは」

崇臣は何か反論しかけたが、ぐっと呑み込み奥歯を噛みしめた。

「俺はどうすればいいんだ。まさか本気できみの恋人を演じろと――」

「本気です」

光彦は真っ直ぐに崇臣を見上げた。

「うそがバレたらどうなる」

「おそらく父に殺されます」

「どっちが」

「ふたりともです。そういう人なので」

「………」

崇臣はふるふると頭を振り、近くにあったソファーに倒れ込むように腰を落とした。心底疲れ切った様子に、またぞろ胸が痛む。

――ごめんなさい、崇臣さん。

心の中で土下座をしながら、光彦は続ける。

「恋人がいると偽装して婚約破棄に持ち込もうとしたとなれば、ふたりとも無事ではいられないでしょう」

光彦は手刀で首を切るマネをした。

「しかし恋人はちゃんといて、ただし相手が男性だったということなら、まだ話し合いの余地があります」

「そうなのか」

「はい。要はバレなければいいのです。特に、今こちらに向かっているのが父ではなく祖母だということは、僕たちにとって非常に幸運です」

どういうことだ、と崇臣が首を傾げたところで、インターホンが鳴った。

崇臣が弾かれたようにソファーから立ち上がる。

「大丈夫です。僕に任せてください。崇臣さんは基本的に『はい』とか『いいえ』とか答えていただければ結構です。ここぞという時はアイコンタクトで」

「わ、わかった」

「あと『きみ』ではなく『光彦』と呼んでいただけると幸いです」

「わかった。本当にきみに任せて大丈夫なんだな?」

光彦は「はい」と頷いた。

「祖母は大丈夫です。ちゃんと理解してくれるはずです……多分」

数分後、光彦は崇臣と並んでソファーに腰かけていた。崇臣は三十歳にして大企業の役員だ。失敗の許されない重要な商談の場にも、それなりに慣れているはずだ。しかし今から始まる駆け引きには、そんな数多くの経験がほぼ役に立たないと思われる。崇臣自身それをわかっているのだろう、その表情は痛々しいほどに強張《こわば》っていた。

かく言う光彦も同じように緊張している。手のひらが汗でぬるりとしている。

「お祖母さまの連絡網は光回線のように緻密で迅速ですね。いつもながら脱帽いたします」

ふたりの向かい側にちょこんと座る真知子の顔も、いつになく硬い。出されたお茶に手を伸ばすこともなく、光彦と崇臣の顔を交互に見つめている。

「茶化《ちゃか》さないでちょうだい、光彦さん。なぜパーティーを抜け出したりしたの？　昨夜あなたのお部屋を確認しましたが、身の回りのものがいろいろとなくなっていましたね。あなたまさか――」

「家出をしました」

皆まで言われる前に、光彦は自白した。真知子がぴくりと片眉を動かした。

「やっぱりそうでしたか」

「昨日の朝、お父さまと僕の間で激しい口論があったことはご存じですよね」

「執事の田中《たなか》が血相を変えて飛んで来ましたから」

「でしたら話が早いです。お父さまのあまりに一方的で横暴なやり方を、僕は以前から快く思っていませんでした。正直言ってかなり反感を覚えていました。それでもお父さま。僕をここまで育ててくださった方だと我慢してきましたが、さすがに今回の件は納得できません」

「確かに昌彦さんのやり方は、母親の私から見ても少々強引すぎるきらいがありますね。心配性が暴走してしまうんでしょうけど」

「僕に関して言えば、お父さまは心配などしていないと思います。どちらかと言えば厄介払いに近い——」

「それは違いますよ」

真知子にピシャリと遮られ、光彦はビクリと小さく竦んだ。

「昌彦さんの光彦さんに対する接し方に、いろいろと問題があるのは認めますが、光彦さんのことを厄介だなどと、これっぽっちも思っていませんよ?」

「…………」

だったらなぜ一方的に婿養子の話を決めたりするのだろう。反論は山ほどあるが、真知子にぶつけても仕方がない。光彦は言いたいことをぐっと呑み込んだ。

「とはいえ今回の件については、常日頃から理性的な光彦さんが激おこぷんぷん丸になってしまったことは理解できます」

隣で崇臣が「激おこぷんぷん丸？」と呟《つぶや》き首を傾げた。光彦も正確な意味はわからなかったが、おそらく「激しく怒っている状態」のことだろう。乙女の頃より読書家で、あらゆるジャンルについての豊富な知識と柔軟な思考の持ち主である真知子は、七十二歳になった今も知的欲求の赴くまま人生を謳歌している。ＳＮＳも難なく使いこなし、ネット界隈のあれこれに関しても二十歳の光彦より何倍も詳しい。

「お父さまがこの婚約を解消して、ひと言『横暴だった。すまなかった』と頭を下げてくれるまで、僕は藤堂寺の家には戻らないつもりです」

息子に頭を下げるくらいなら死んだ方がマシだ！　とそれこそ激おこぷんぷん丸になって怒鳴り散らす父の顔がまざまざと浮かぶ。もしかするとこれが父との今生の別れになるかもしれない――などと考えていると、真知子が意外なことを口にした。

「わかりました。光彦さんのしたいようになさい」

「えっ」

いいんですか？　と口を突きそうになる。真知子は自分を連れ戻しにきたのではないのだろうか。

「あなたはもう成人です。自分の行動に責任を持てるのなら、家出も結構。駆け落ちも結構」

「駆け落ち？」

光彦はきょとんと首を傾げた。隣の崇臣も同じ方向に首を傾けているのが見えた。

「光彦さん、私はあなたを連れ戻すために、連絡網を駆使してここを突き止めたわけではありません」

「……どういうことでしょう」

「あなた、将来を約束している方がいらっしゃるそうですね」

——来た。

そう来なくっちゃと、光彦は心の中で拳を突き上げる。

「やはり田中さんに聞かれてしまいましたか」

「愛し合う若い男女を引き裂くように、降って湧いた男の婚約話。しかも男の父親は聞く耳を持たず、強引に話を進めてしまう。あああ、なんという悲恋でしょう」

突然何が始まったのだと呆然とする崇臣に、光彦は「お祖母さまには少々妄想癖がありま す。恋愛小説が大好きなので」と耳打ちした。

「女は泣き崩れ、男は女の頬を伝う涙を拭《ぬぐ》う。そんなふたりが行きつく先は」

「……駆け落ち」

崇臣の呟きに、真知子はパッと瞳を輝かせた。

「そう。駆け落ちです。光彦さん、あなたその方と駆け落ちなさるつもりなのでしょう？　そうなのでしょう？　正直におっしゃい」

「お祖母さま、僕は」

「私に隠し事をしようとしても無駄ですよ。私にはほぼ見当がついています。あなたの愛する恋人というのは、こちらの菱田……」

真知子がちらりと崇臣を見やる。

「崇臣です」

「そうでした。菱田崇臣さんの」

真知子が崇臣の方へぐっと身を乗り出す。視界の片隅で崇臣の喉仏がゴクリと上下するのが見えた。

「妹さん、もしくはお姉さまなのでしょ？」

「は？」

「へ？」

光彦は思わず崇臣と顔を見合わせた。

「そして間もなくそのお嬢さん、つまり光彦さんの大切な方がいらっしゃるのでしょ？　彼女のご兄弟でいらっしゃる菱田さんの家を、密会場所として選んだのでしょ？」

「お祖母さま、あの」

「一昨日《おととい》光彦さんが『僕には将来を約束した恋人がいます！』と啖呵を切った時には、正直その場しのぎの口から出任せだと思いました。しかしあなたは昨夜のパーティーを抜け出し菱田さんの元へ身を寄せた。その行動が意味するところがわからないほど、私は耄碌《もうろく》していません」

真知子は嬉々《きき》として妄想を披露する。光彦は彼女が恋愛小説と同じくらい推理小説好きだったことを思い出した。光彦は額に手を当て、大仰にため息をついてみせた。

「まったく、お祖母さまの推理力にはいつも驚かされます」

「だてに歳は取っていません」

「しかし今回の推理は、残念ながら五十点です」

「おや。ずいぶんと辛い御点ですこと」

「僕が身の回りのものをリュックサックに詰め込んで家を出たのは、ご想像通り自分の愛する人の元へ身を寄せるためです。そこまでは合っています」

光彦はそこで言葉を切り、おもむろにソファーから立ち上がった。視線で合図をすると、小さく頷き崇臣も立ち上がる。

「お祖母さま。僕は今からする打ち明け話によって、お祖母さまをひどく驚かせてしまうかもしれません」

「驚くかどうかは話を聞いてみないとわかりません」

「卒倒させてしまうかも」

「それも話を聞いてから」

「お祖母さまを卒倒させるのは本意ではないのですが、この期に及んでもう隠し事はできないと思い、思い切って打ち明けます。こちらの、菱田崇臣さんにはお姉さんも妹さんもいらっしゃいません」

真知子が「本当か」というように崇臣に視線をやる。「男ばかりの三兄弟の長男です」と崇臣が答える。

「僕の、将来を約束した恋人というのは、実はこちらの菱田崇臣さんご本人なんです」

「……えっ」

真知子がひゅっと息を呑む。

「妹さんでもお姉さまでもなく、この、崇臣さん自身が、僕の恋人なんです」

一世一代の博打《ばくち》だった。家族の誰よりフラットに物事を考えられる祖母に、すべてを賭けてみようと思ったのだ。真知子は卒倒こそしなかったが、目を大きく見開いた状態でフリーズした。脳内で情報の処理をしているのだろう。

場に沈黙が落ちる。

「つまり」

長く重苦しい沈黙を破ったのは真知子だった。

「光彦さんはあなたを愛しており、あなたも光彦さんを愛しておられると」

真知子の視線を受け止めた崇臣は、アイコンタクトを待たず「そうです」と頷いた。光彦はホッと胸をなでおろす。

「ふたりは……相思相愛？」

「はい。相思相愛です」

相思相愛。崇臣の力強い宣言に、演技とわかっていてもドキリとした。

真知子はしばらくの間崇臣の顔をじっと見つめていたが、やがて小さく頷いた。

「事情は承知いたしました。私はあなたたちの恋を全面的に応援します」

思わず「本当ですか」と破顔すると、真知子もその口元に穏やかな笑みを浮かべた。

「可愛い孫の恋です。力になりましょう」

「ありがとうございます、お祖母さま」

「ありがとうございます、真知子さん」

若い男性に名前で呼ばれたことが嬉《うれ》しかったらしく、真知子は極上の微笑みで頷いた。

「昌彦さんときたら、血を分けた息子とは思えないほど考え方が古いですからね。残念ながらこういったデリケートな問題を平常心で受け止められるとは思えません。しかもまだ相当頭に血が上っているようですし」

「私たちの交際を打ち明けるには、少々タイミングが悪いですね」

困ったなあというように眉を顰める崇臣に、真知子は「そのようです」と頷く。

「カッカとしているところに爆弾を落として、心臓発作でも起こされては一大事です。光彦さんはほとぼりが冷めるまで、菱田さんにお世話になるといいでしょう。昌彦さんには『光彦さんは頭を冷やすために自分探しの旅に出たようです』と言っておきます。頃合いを見計らって、私の口から事実を話しましょう」

「何から何までありがとうございます、お祖母さま」

「感謝の言葉もありません、真知子さん」

「なんのこれしきのこと。可愛い孫のためです。菱田さん、光彦さんのこと、くれぐれもよろしくお願いいたしますね」

「はい。お任せください」

崇臣が振り向く。熱っぽい瞳で至近距離から見つめられると、やっぱり心臓に悪い。

――演技。これは演技だから。

光彦は必死に自分に言い聞かせる。

「心配はいりません。必ず、最後に愛は勝ちます」

どこかで聞いたような台詞を残し、真知子は帰っていった。

エレベーターホールまで見送り部屋に戻った途端、身体から力が抜けてしまい、光彦はぐったりとソファーに崩れ落ちてしまった。崇臣も今日一番の深いため息をついて、光彦の正面に腰を下ろした。

「ほとぼりって、どれくらいで冷めるんだ」

「父は一度頭に血が上ると、平常心に戻るまでにひと月近くはかかるかと」

「そんなに……脳の血管に同情する」

「定期的に脳ドックに行っています」

「とりあえず一ヶ月近くは猶予があるってことだな」

「はい、おそらく」

何はともあれ、ひとまず第一関門突破ってとこか……」

崇臣がふうっともう一度嘆息する。光彦はハッと顔を上げた。

「ということは、恋人役を引き受けていただけるんですか？」

「酔ってきみに無体を働いた俺に、断るという選択肢はあるのか？」

真顔で問い返され、光彦は項垂れた。崇臣は想像以上に責任を感じているらしい。

——誠実な人なんだな……。

良心の呵責《かしゃく》に耐えながら「よろしくお願いいたします」と頭を下げる光彦に、崇臣は「ゲストルームを使ってくれ」と、東側のドアを指さした。

「ありがとうございます」

「しかし大学はどうするんだ。教科書まで持ってきたわけじゃないんだろ？」

「一昨日《おととい》後期の試験が終わりました。前期は全教科A評価でしたから、おそらく後期もすべて合格点だと思います。追試の心配もありません」

「なるほど。それにしてもきみのお祖母さまは、こう言ったら失礼だが、お歳のわりに本当に柔軟な考えの方なんだな」

「祖母は若い頃から読書好きで、古今東西、多方面にわたる書籍を有しています。蔵書が図書館並みなので、実家の奥庭には専用の蔵があります」

「蔵……」

「圧倒的に多いのが恋愛小説や恋愛コミックなのですが、いわゆるＢＬと呼ばれるジャンルも好きなようです」

「ＢＬ？」

「ボーイズラブの略です。男性同士の恋愛を扱った」

ああ、なるほどと崇臣が頷く。

「祖母は腐女子の先駆けで、今は腐婆だそうです」

「湯婆？」

「腐婆です。腐女子は、貴腐人、腐婆と進化していくらしいです」

「進化って……」

ポケモンか、と崇臣が呟く。

「なんにせよ、俺たちが恋人同士だと信じてくれてよかった」

「それなんですが、まだ安心はできません。ああは言っていましたが、祖母は非常に勘のいい人なので、僕たちの言い分を百パーセント信用してはいないと思います。今後あの手この手で真実を確かめにかかってくる可能性が高いです。バルコニーへ出てもいいですか？」

「あ、ああ」

崇臣が立ち上がってサッシを開いてくれた。朝のバルコニーにふたり並んで立つ。早速手すりから下を覗《のぞ》いた崇臣が「あっ」と小さな声を上げた。

「崇臣さん、下を見ないでください。やっぱり思った通りです」

案の定、真知子がスマホで誰かと電話をしながら双眼鏡でこちらを見上げていた。

「どうすればいい」

「とりあえずふたりで朝の風を感じているふりをしましょう」

光彦はにこやかに冬晴れの空を見上げた。

「真知子さん、見えているのかな」

「祖母の視力は二・〇です」

「だったら親密感をアピールするチャンスだな。こうしたらどうだ」

崇臣はその長い腕を光彦の肩に回すと、ぎゅっと力強く抱き寄せた。

——うわっ……。

鼓動がドクンと跳ねる。タキシード越しだった昨夜とは違い、今日の崇臣はコットンセーター一枚だ。逞しい胸板の感触をよりリアルに感じてしまい、光彦はひっそり頬を赤くした。

「か、壁に耳あり障子に目ありです。万が一ふたりで外出する際には徹底して『ラブラブな

恋人同士』を演出しましょう」

「わかった」

「祖母はおそらく調査会社に依頼して、僕たちを監視させると思います」

さっきの電話の相手は、十中八九真知子が懇意にしている探偵だ。

「調査会社？　そんなことまで……」

「祖母の理想の男性は明智小五郎《あけちこごろう》です。明日からは小五郎もどきが僕たちの監視につくでしょう。ですから念のためにできるだけ時間を作って、こうしてバルコニーに出てイチャイチャっぷりを見せつけましょう」

「わかった。小五郎もどきは当然俺の実家にも調査に行くんだろうな」

「いえ、それは心配ないと思います。僕たちの関係を疑ってはいますが、力になると言ってくれた、あの言葉はうそではないと思います。だから崇臣さんに直接迷惑がかかるような行動には出ないと思います」

「なるほど」

こうして二日前には想像すらしなかった偽装同棲生活が始まったのだった。


週に三度ハウスクリーニングが入るので掃除の必要はない。洋服は下着まですべてクリーニングに出すので洗濯の必要はない。食事はほぼ外食なので料理の必要はない。偽装同棲初日、光彦は崇臣からそう言い渡された。

「何もしなくていいと言われても……」

折しも大学は春休みに突入したばかりだ。何しろ事態は急を要したため、教科書はもとより読みかけだった本もパソコンも自室から持ち出すことはできなかった。こっそり取りに帰ろうかとも考えたが、万が一父と出くわしたらと思うと、足が向かなかった。

学費を父に出してもらっているという現実も、今の光彦には重荷だった。今後もし父が「婿養子に行かないなら学費を打ち切るぞ」と脅してきたら、迷わず「望むところです」と答えるつもりだ。勉強は嫌いではない。昨日まで知らなかった世界や情報に触れ、知識や体験を己の血肉にしていく喜びは何物にも代え難い。しかしそれ以上に大切なものがあることも光彦は知っている。

学生である前にひとりの人間でありたい。世界にひとりしかいない藤堂寺光彦という、自由な青年でありたい。心からそう思った。

来るべき決別の時に備え、今からアルバイト先を探しておいた方がいいだろうか。崇臣が帰宅したら相談してみようと思ったが、よほど仕事が忙しいらしく帰宅時間が遅く、深夜になる日もあった。

崇臣は「先に寝ていろ」と言ってくれるが、しんと静まり返った空間はどこか居心地が悪くなかなか眠りにつくことができなかった。長年家族や使用人に囲まれて暮らしてきたからかもしれない。隣の部屋に崇臣がいる。その微《かす》かな気配だけで落ち着いて眠ることができた。

同棲生活一週間目。光彦は散歩の帰り道に、通り沿いのコンビニエンスストアの前でふと足を止めた。マンションのバルコニーから見えるその店には、昼夜を問わずひっきりなしに人が出入りしている。

――コンビニの店内って、どんな感じなのかな。

朝晩の食事は、住み込みの料理人が作ってくれる。昼食の弁当も持たせてくれる。加えて幼稚園入園から大学二年生になる今日まで、送迎車で通学しているため道草とも無縁で、光彦は生まれてこの方コンビニエンスストアという場所に立ち入ったことがなかった。まさに未知のエリアだったが、これまで特段興味を抱いたことがなかった。

ところがどうしたことかこの日、光彦は外灯に吸い寄せられる蛾《が》のように、ふらりとコンビニの店内に入っていった。もしかして崇臣も、時折このコンビニを利用しているのかもしれない。そんな思いが過ったからだ。

「らっしゃいませぇ～っ」

想像以上に威勢のいい掛け声に迎えられ、光彦は店内を見回した。雑誌、日用品、飲み物、パン、弁当――。実に様々な商品が棚に犇《ひしめ》いていて、これは確かに「コンビニエンス」だと納得する。

「……あ」

光彦が足を止めたのは、カップ麺のコーナーだった。一体何十種類あるのだろう、その通路一帯の棚の上から下まで、すべてカップ麺で埋め尽くされていた。

『いいか、光彦。外食をするなら一流のシェフのいる店にしなさい』

『はい、お父さま』

『それから買い食いも禁止だ。スナック菓子やインスタント食品は身体に悪い』

『はい、お父さま』

幼少期からの言いつけを振り切るようにふるふると頭を振ると、光彦はおもむろに目の前の棚に手を伸ばした。

その日崇臣はいつもより若干早めに——と言っても午後九時を過ぎていたが——帰宅した。

「お帰りなさい」

「ただいま」

何気ないやり取りが、ちょっぴりこそばゆい。「あーくたびれた」と上着をソファーに脱ぎ捨て、崇臣はネクタイを指でくいっと緩める。その仕草がとてもセクシーで、光彦はいつもじっと見つめてしまう。

「晩飯は？」

「済ませました。崇臣さんは？」

「食った。けど夕方だったからちょっと腹が減った気もするな。下のコンビニで何か買ってくればよかったな」

外したネクタイを上着の上に放り投げる崇臣の広い背中に、光彦は「あの」と声をかけた。

「カップ麺ならありますけど」

「カップ麺？　光彦が買ったのか」

ここ数日で、崇臣はようやく「光彦」と呼び捨てにしてくれるようになった。嬉しいような恥ずかしいような、身体の真ん中がムズムズするような感覚を、どう言い表したらいいのか光彦は知らない。

「はい。いろいろあるのでよろしければいかがですか？」

光彦がゲストルームからパンパンに膨れたエコバッグをふたつ両手に提げて出てくると、崇臣はぎょっとしたように目を剝《む》いた。

「まさかそれ、全部カップ麺なのか」

「はい。昼間にひとつ買って食べてみたら、びっくりするほど美味しかったので、大人買いしてみました」

人生初のカップ麺は、こっくりと味わい深い味噌《みそ》味だった。料理どころかキッチンに立ったことすらない光彦にも簡単に作ることができた。

「加薬を入れてお湯を注いで、最後にお味噌を入れたら出来上がりでした」

「もしかしてカップ麺を食べたの、初めてだったとか？」

「はい。幼少の頃から父に固く禁じられていたので」

こんな美味しい食べ物を、二十年以上知らずに生きてきたことが悔しくてたまらない。

「崇臣さん、カップ麺はお嫌いですか？」

「いや。最近は機会がないが、学生時代はよく食べた」

「たくさんあるので遠慮なくどうぞ。何味にしますか？」

「そうだなあ」

どれどれとエコバッグの中身を吟味し、崇臣が選んだのはオーソドックスな醤油《しょうゆ》味だった。

「調理は僕に任せてください」

胸を張ってキッチンへ向かう。藤堂寺家の夕食は午後六時半からと決まっていて、食後のフルーツやスイーツまでゆっくり楽しんでも八時前には終わる。午後九時を過ぎてから、しかも禁断のカップ麺のために湯を沸かすなんて、修学旅行の夜よりわくわくした。

「久しぶりに食ったけど、美味いな」

麺をひと口啜《すす》るなり崇臣が頷いた。美男子というのはカップ麺を啜る横顔まで美しい。ずずーっという音まで自分が食べている時より数倍格好いい気がする。思わず隣でじーっと見つめていると、何か勘違いした崇臣が「食べてみるか？」と尋ねてきた。

「ぼ、僕は、さっきいただいたので」

「味噌味だったんだろ？　醤油味も食ってみろよ」

「はい……それではお言葉に甘えてひと口だけ」

崇臣が差し出したカップをおずおずと受け取りながら、光彦はふと考える。

――これってもしかして……。

光彦はゴクンと唾を呑んだ。もしかしなくても間接キスだ。崇臣は気づいていないのだろうか。それとも何も感じていないのだろうか。はたまた恋人同士なのだから問題ないと考えているのだろうか。

――いや、偽装なんだから問題あるでしょう。

ぐるぐる逡巡しつつ、光彦は割り箸で麺を三本掬《すく》い上げ、ちゅるんと啜った。

「あちっ」

啜り上げた麺の一本が躍り、汁が一滴頬に飛んだ。

「大丈夫か」

崇臣が慌てた様子で立ち上がり、キッチンへ飛んで行った。

「ちょっとはねただけです。平気です」

「火傷《やけど》はすぐに冷やさないと跡が残る」

「火傷なんてしていません。本当に大丈夫ですから」

「念のために冷やしなさい。ほら」

崇臣は手にしてきた濡《ぬ》れタオルを、光彦の頬にそっと当てた。

――あ……。

ひんやりとした感触を感じる前に、鼓動が突然走り出した。

「ヒリヒリしないか？」

十五センチ先から覗き込んでくる崇臣の視線が、はねた汁より熱く感じる。

「大丈夫です……ご心配おかけしました」

――崇臣さんって心配性なんだな。

日頃、家族や執事たちから過度に心配されることを内心鬱陶《うっとう》しく思っていたが、崇臣から寄せられるそれはなぜだろう、どこか甘く、心地よさすら覚えた。

「で、味はどうだった？」

「とても美味しかったです」

「学生の頃に食っていたカップ麺より数段美味しい気がするな。この業界も進化してるんだろうな」

「……そうかもしれませんね」

三本の麺を味わいながら、光彦は気もそぞろだった。なぜなら頭の隅から隅まで、初体験の「間接キス」でいっぱいだったからだ。

「そう言えば、毎日来ているようだな。明智探偵」

あっという間にカップ麺を平らげた崇臣がバルコニーの方を指さした。

「本当ですか?」

「ああ。この寒空の下、ご苦労なこった」

同棲を始めた翌日から、崇臣を乗せた社有車がマンションの車寄せに滑り込むと、生垣の陰から必ず男が覗いているのだという。ふたり並んでバルコニーに出ると、暗がりで人が動く気配がした。街灯に照らされてキラリと光ったのは、カメラの望遠レンズだろうか。

「本当だ。昼間は一度も見かけないのに」

「俺の帰宅時を狙って張り込んでいるってことか」

「おそらく祖母から『バルコニーでいちゃついている』って聞かされているんでしょう」

「もっと早く見せつけてやればよかったな」

崇臣はいたずらっぽい笑みを浮かべると、いきなり光彦の肩に手を回した。

――うわっ……。

抱き寄せられるのは三度目なのに、毎回心臓が飛び出しそうになる。

「それにしてもあんなにバレバレで大丈夫なのか? ポンコツ探偵さん」

「祖母が昔から懇意にしている方なんです。以前はそれなりに腕がよかったらしいんですが、何分にも御年八十七歳なので」

「八十七歳?」

それは逆にすごいな、と崇臣が目を丸くした。

「仕事とはいえこんな真冬の夜に……同情する」

「明日、カイロでも差し入れましょうか」

大真面目に提案したのに、崇臣はなぜかぷっと小さく噴き出した。脇腹にひくひくと動く筋肉の感触が伝わってくる。

——崇臣さん、脱いだらスゴイんだろうな。

風呂上がり、寝間着代わりのTシャツを押し上げる胸板は厚く、きっと腹筋もバキバキに割れているんだろうなと、光彦は密《ひそ》かに想像していた。

「もっとイチャイチャした方がいいかな」

崇臣はそう言って、するりと頬を寄せてきた。

「……っ！」

いきなりの密着に、光彦は思わず身を硬くした。

「せっかく老体に鞭《むち》打って張り込んでくれているんだから、ちょっとくらいサービスしてやらないとな」

楽しそうな崇臣の声に耳朶《じだ》を擽《くすぐ》られ、光彦は息をするのも忘れて固まる。ドクドクドクとどんどん激しくなっていく鼓動を、崇臣に気取られないようにとひたすら願う。

——崇臣さん、嫌じゃないのかな……。

恋愛未経験の光彦には、頬を擦り寄せるという行為がどういった意味を持つのかよくわからない。欧米人にとってはただの挨拶だろうが、崇臣は日本人だ。そしてここは日本。老探偵に土産を持たせるための演技に意味などない。ないない。塵《ちり》ほどもない。そう自分に言い聞かせたら、なぜだろう心の奥がチクリと小さな痛みを覚えた。

「さて、そろそろ入ろう」

「……え」

「身体、冷えただろ」

崇臣の身体がするりと離れていく。温かかった肩や頬が不意に夜風に晒《さら》される。

――もしかして僕が寒くないように、ことさら身体を密着させてくれていたのかな。

都合のいいことばかり思いつく自分が、なんだか情けなくなってしまった。

リビングに戻ると、崇臣に「光彦、ちょっといいかな」と呼ばれた。テーブルを挟んでソファーに腰を下ろすと、崇臣は居住まいを正した。

「この間の夜のことだ。蒸し返すのもなんだと思ったけど、それでももう一度きちんと謝罪をしなければと思っていた。忙しくて夜中にしか帰ってこられなくて、あれよあれよと一週間も経《た》ってしまったけど……本当にすまなかった」

あらたまった様子で頭を下げられ、光彦は慌てた。

「もう何度も謝っていただきました。事故ですし、過ぎたことですから忘れましょう」

「そうはいかないだろう」

「あの時は僕も酔っていました。どんなに酔っていても合意のない行為は犯罪だ」

「そういう問題じゃない。どんなに酔っていたし」

「ご、合意がないとも、言い切れないような……」

もごもごと語尾を濁すと、崇臣が「え?」と首を傾げた。

「ああ、いえ、や、優しくしていただいたので、必ずしも無理矢理というわけでは」

泥酔してコトに及んでしまったことを——実際及んではいないのだが——崇臣はよほど悔いているらしい。

——でも今さら本当のことなんて、とても言えない。

うそをついている負い目と自己嫌悪に苛《さいな》まれていると、崇臣が「間違っていたらすまないが」と前置きをして、光彦の顔を覗き込んできた。

「きみの恋愛対象は、男性なのか」

「えっ」

「どんなに優しくされても、そうじゃなかったら男に抱かれるのは嫌だろう」

「あっ……」

確かに崇臣の言う通りだ。自分の性指向など考えたこともなかった。ゲイだということにしておいた方が、崇臣の心の傷は軽くて済むだろうか。いやどちらにしても同じだろうか。

「なるほど、それじゃあ婿養子になんて絶対に行くわけにはいかないな」

押し黙ったままぐるぐる思考を巡らす光彦の様子を見て、崇臣は答えが「イエス」なのだと判断したらしい。

「さっきバルコニーで頬を寄せた時、男同士なのにやけに緊張しているなあ、ずいぶん意識していなあと思っていたんだ」

身を硬くしていたことに、崇臣は気づいていたのだ。

「ごめんな。ふざけたりして」

「そんな」

光彦はふるふると頭を振る。そもそも『イチャイチャを見せつけましょう』と言い出したのは光彦なのだ。

「もしかしてあの日、初めてだったんじゃないのか?」

「……え」

「そういうことするの」

「それは……その」

友人たちの猥談《わいだん》に加わったことすらない光彦は、耳まで赤くして俯きながら、それでも精一杯の虚勢を張る。

「ま、まったく経験がないわけでは」

「あるのか」

「一応それなりに。そうですね、スキーにたとえれば中級者向けコースを直滑降で下りられるくらいのレベルでしょうか」

「……は？」

「英会話で言えば、日常会話には困らない程度です」

「………」

かなり具体的かつ的確にたとえたつもりだったが、崇臣は一瞬ポカンと口を開き、やがて口元に拳を当てて背中を震わせた。笑っているらしい。

「なにか可笑しかったでしょうか」

「いや、悪い悪い」

悪いと言いながらしばらく俯いたまま笑い続けた。ようやく上げた顔には、今日一番の優しい笑みが浮かんでいた。

「光彦が気にしなくても俺は気にする。なかったことにはできないけれど、せめて何かお詫《わ》びをさせてくれ」

「お詫び？」

「来週末、久しぶりに丸一日休みが取れそうなんだ。唯一の味方である真知子さんをより納得させるためにも、偽装デートっていうのはどうだ」

「デート……」

脳が勝手に「偽装」の二文字を消去する。

「日帰りだからあまり遠くへは行かれないが、リクエストには応えるよ。候補地を考えておいてくれ」

「……わかりました」

頷きながら、頬が勝手に緩んでしまう。

――デート。

偽装だぞ。かりそめだぞ。恋人ごっこなんだから勘違いするな。正気に戻れ。

ありとあらゆる方面から思いつくままに野次《やじ》を飛ばしてみたが、心の真ん中にどっかり鎮座した「デート」の文字が、メリーゴーラウンドのように回り出す。楽しげな音楽まで鳴り出した。

「そうだ、遊園地がいいな」

行き先のリクエストもあっさり決まってしまった。

その夜光彦はそわそわとわくわくで朝方まで眠れなかった。

◇◇◇

自分は本当に光彦を抱いたのだろうか。あれから何度己に問いかけたかわからない。

これまで酒でトラブルを起こしたことは一度たりともない。ついでにやたらとキスマークをつける癖もない。あの夜は蟒蛇・光彦のペースに釣られて、知らず知らずのうちに飲みすぎてしまった。優等生街道のど真ん中を歩いてきた崇臣の、初めてと言ってもいい失態だ。バーで寝入ってしまった後の記憶は朧《おぼろ》だ。いくら泥酔していたからと言って、知り合ったばかりの相手を自宅に連れ込んでコトに及ぶだろうかと、疑念は深まるばかりだが、かと言って「抱かなかった」と言い切れるような記憶もない。

性指向に関していえば、崇臣がこれまでにつき合った相手は男女半々だ。ここ数年は忙しすぎて恋愛に費やす時間そのものがない状態で、過去の恋人たちの顔や声も、みな曖昧《あいまい》になりつつある。

——溜《た》まっていたんだろうか。

崇臣はふるんと首を振る。そういう問題ではない。頼まれもしないのに飲み過ぎたのは他でもない自分なのだし、記憶がない以上は抱いた理由を考えても仕方がない。

光彦がうそをついている可能性も否定できないが、いかんせん何ひとつ証拠がない。事実だとすれば彼を疑うこと自体はなはだしく非礼だ。

――それに。

まったく予想外のことだが、少なくとも今日まで、崇臣は光彦との偽装同棲生活に苦痛を感じていない。それどころかどんなに帰宅が遅くなろうとも、起きて帰りを待ってくれている人がいるというシチュエーションに、心の安らぎすら覚えていた。

一週間前、光彦は近くのコンビニから大量のカップ麺を買い込んできた。カップ麺を買うのも初めてなら、コンビニに入ったのも初めてだというからさすがに驚いた。深窓の令息は、屋敷の最奥の部屋に軟禁でもされていたのだろうかと疑いたくなった。

生まれて初めてのジャンクフードがよほど口に合ったらしく、無邪気な顔でひとつどうだと勧められ、久しぶりにカップ麺を口にした。ああそうそうこんな味だった。崇臣の感想はその程度だったのだが、キラキラした瞳で見つめられ、つい「懐かしいな」ではなく「美味しいな」と微笑んでしまった。

以来光彦は毎夜「崇臣さん、今夜は何味にしますか？」とお湯を沸かし始める。

――お湯を入れるだけなのに「調理」とか言って。

どこかいそいそとした様子がなんとも可愛くて、お腹《なか》は空《す》いていないのに「そうだな。今日はとんこつにしてみようかな」などと自然に答えている自分がいた。

「崇臣さーん！」

白い息を切らして光彦が駆けてくる。走らなくていいと言っているのに、こうして全力で駆け寄ってくるのが彼らしい。

「お待たせしてしまってすみません」

「もういいのか」

「はい。夢を叶《かな》えていただきありがとうございます」

「満足した?」

頬を上気させて「大大大満足です」と笑う光彦に、崇臣も「それはよかった」と微笑んだ。

日曜のこの日、崇臣と光彦は隣県にある遊園地を訪れていた。偽装デートの行き先を考えておいてくれと頼んだ翌日、光彦からリクエストがあったのだ。

もしや遊園地も初体験かと尋ねると、光彦は父や祖母に何度か連れていってもらったと答えた。しかし彼にはひとつ大きな不満があったという。

『僕、子供の頃からずっと絶叫マシーンに憧れていたんです』

制限にかからない年齢になっても、父は光彦が絶叫系のアトラクションに乗ることを許さなかった。危ないから。ただそれだけの理由だったという。

『兄はそもそもスピードの出るアトラクション全般が好きではなく、遊園地より動物園に行きたがる子供でした。でも僕はジェットコースターとかゴーカートなんかが大好きで』

観覧車やメリーゴーラウンドにしか乗せてもらえず、かといって『危なくないです。乗りたいです』と父親に反論することもできず、いつも消化不良だったという。

子供の頃の夢を叶えるべく、この日光彦は絶叫マシーンに十回ほど乗った。二回で飽きてしまった崇臣は「ここで見ているから好きなだけ乗っておいで」とベンチに腰を下ろした。光彦は、それはそれは嬉しそうに破顔し「あの……もう一回いいですか?」「すみません、あと一回だけいいですか?」「これで最後にしますから」とひどく遠慮しながらも、結局ひとりで立て続けにあと八回アトラクションを楽しんだのだった。

「さすがに目が回ったんじゃないのか?」

「平気です。どうやら僕、人より三半規管が強いみたいなんです。Gにも強いのでスピードが出れば出るほど興奮します」

よほど楽しかったのだろう、光彦はキラキラと瞳を輝かせ「あー、楽しかった」と何度も繰り返した。その横顔に、崇臣はそっと目元を緩める。蟒蛇でジャンクフード好きでスピード狂。日に日に崩れていく令息のイメージが、なぜか妙に心地いい。

絶叫マシーン以外に乗りたいものはないと言うので、崇臣は光彦を観覧車に誘った。この機会にふたりきりでゆっくりと話したいことがあった。

「きみのこと、いろいろと教えてほしいんだ」

向かい合わせのふたりを乗せたゴンドラの扉が閉まるのを待って切り出すと、光彦は「僕のことですか?」と小首を傾げる。

「ああ。偽装とはいえ、俺たちは今恋人同士だ。相思相愛だと言い張った割に、お互いのことを知らなすぎると思うんだ。次に真知子さんとお会いした時、ふたりの関係について根ほり葉ほり訊かれないとも限らないだろ？」

「確かにそうですね。崇臣さんのおっしゃる通りです」

光彦は深々と頷いた。

「それじゃ、まず基本情報からだ。暗記力に自信は？」

「あります」

誕生日、家族構成とそれぞれの名前、学歴、親しい友人の名前、好きな食べ物、嫌いな食べ物、趣味など、ふたりは次々にデータを交換し、念のために各々《おのおの》のスマホに記録した。

「他に覚えておいた方がいい情報はあるでしょうか」

「大体こんなものだろう。あとは思いついた時に――あ」

崇臣はポケットにスマホをしまいかけ、ふと手を止めた。

「まだ何かありましたか」

「ああ。いざという時に、カードを一枚用意しておきたいんだ。ジョーカーになるような」

観覧車は頂上付近に差しかかっている。誰も聞いている者はいないとわかっていても、崇臣はほんの少しだけ声を落とした。

「きみの特徴というか」

「僕の特徴……ですか？」

「ほら、恋人しか知りえない特徴みたいなのがあるだろ。服を脱がないとわからない」

あの夜の記憶があればあらためて尋ねる必要もなかったのだが、何も覚えていないのだから直接尋ねる以外ない。光彦はしばらくきょとんと目を瞬かせていたが、やがて「あっ」と短い声を上げ白く滑らかな頬を染めた。愛らしい桜色が雲ひとつない冬の空に映えて美しい。

「そ、そういった類の特徴ですね」

「そうそう。恋人同士ならではの」

「えーと、誰かと比較したことがないのではっきりしたことは言えませんが、大きさ的にはごく普通だと思います」

桜色を次第に濃くしながらの告白に、崇臣は「ん？」と首を傾げた。

「形も……他の人のものがどうなのかまったくわからないのですが、極めて平凡なものだと思っています」

「あの……」

「あっ、毛は……かなり薄い方かと。あとは――」

何を勘違いしたのか、光彦は自分の下半身の特徴を語り出した。崇臣は噴き出したくなるのを必死にこらえ「光彦、待った」と制止した。

「俺が訊いているのはそういうんじゃなくて、ほくろとか、痣《あざ》とか」

腹筋を震わせながらようやく告げると、光彦は「あっ」とまた小さく声を上げ、今度は耳朶まで真っ赤に染めた。

「そっ、そういうことでしたか。すみません」

「ごめん、俺の訊き方が悪かった」

光彦は「いえ」と首を振り、左の尻たぶに小さな楕円形の痣があることを教えてくれた。

「僕としたことが、恥ずかしい勘違いをしてしまいました」

「いや、いい。いいけど……」

崇臣はまたぞろ込み上げてくる笑いを噛み殺し損ね、とうとう「あはは」と声をたてて笑い出してしまった。

「す、すみません」

「いや、こっちこそ、笑ったりしてすまない」

こちらに旋毛を向けて俯いてしまった光彦に申し訳ないと思いつつ、崇臣はしばらくの間笑いを止めることができなかった。

――そうか、毛は薄い方なのか。

泥酔していて何も覚えていないことを、崇臣はほんの少しだけ悔やんだ。

涼しげに整った顔立ち、上品な立ち居振る舞い、隠しきれない育ちのよさ。それらすべてを豪快に台無しにする天然っぷりに、いっそ清々《すがすが》しささえ覚える。

そういえばこんなふうに声をたてて笑ったのは一体いつ以来のことだろう。仕事相手に向ける笑みのすべてが偽りではないけれど、いつだって何パーセントかの不純物を含んでいる。

理由もなくただただ楽しくて、明日も今日と同じだったらいいのにと思わずにはいられない。そんな感覚に陥ったことは、少なくとも大人になってからは一度もなかった。

――いや、理由がないわけじゃないのかな。

「そういえば、俺たちどっちも三人兄弟なんだよな」

思い出したように話しかけると、光彦はようやく俯けていた顔を上げた。

「てっきりお兄さんときみの、ふたり兄弟だと思っていた」

「母は僕が三歳の時に病気で亡くなりました。ずっと兄とふたり兄弟だったんですけど……」

五年前、父の昌彦は縁あって後添えを得た。光彦たち兄弟の義母となった女性・和香《のどか》は当時五十歳だった父の半分の年齢で、ふたりの間にはさほど時を置かずして男の子が誕生した。

「朋彦《ともひこ》っていうんですけど、まだ四歳なのにすごく運動神経がいいんです。特に野球のセンスがあるみたいでバットを、もちろんおもちゃですけどね、構える姿なんかもう一丁前で」

弟の姿を思い出したのだろう、光彦は愛《いと》おしそうに目を細めた。

「四歳か。可愛い盛りだな」

「それはもう。朋彦は家族のアイドルです。朋彦の『大きくなったらやきゅうのせんしゅになりたい』というひと言で、父は庭の一部をミニ球場にしてしまいました。朋彦は大はしゃぎでしたが、さすがに和香さんも兄も、もちろん僕もですが、呆れました」

「かなりの溺愛っぷりだな」

「目に入れても痛くないって、ああいうことを言うんでしょうね。でも本当に可愛いんですよ。あ、写真見ますか？」

光彦は自分の子供の写真を見せて回る若い父親のように、スマホに保存してある朋彦の写真を何枚か見せてくれた。可愛らしさ全開の中にもそこはかとなく漂う気品に、藤堂寺家の血を感じた。

若い義母とアイドル的存在の幼い弟。複雑な家庭環境には違いないが、朋彦のことを語る光彦の瞳に翳《かげ》りはない。少なくとも新しい家族との間柄は良好なようで、崇臣はホッとする。

「プロ野球選手になれるといいな、弟くん」

「はい。僕も応援しています」

「光彦は子供の頃、何になりたかったんだ？」

「僕ですか？　僕は……」

何気ない質問に、光彦は瞳を輝かせた。

「小学生の頃、レーサーになるのが夢でした」

「レーサーって、カーレーサーか」

「はい。物心ついた時にはスピードが出る乗り物が好きで、学校への送迎の運転手さんに『もっと飛ばしてください』とお願いして困らせていました」

どうやら光彦のスピード狂は筋金入りだったようだ。

「子供なりにかなり本気でした。小学三年生の時、カートをやらせてほしいと父にお願いしたのですが、聞き入れてもらえませんでした。危ないから……と」

光彦の表情から徐々に明るさが消え、ついにはどんよりと項垂れてしまった。

「インドア派の兄の趣味は囲碁で、大会に出れば優勝という強さでした。そんな兄を誇らしく感じていたのでしょう、父はいつも兄の大会に同行して、応援していました」

「……なるほど」

「仕方がないんです。学校でも気の合うクラスメイトとそうでない人がいるように、息子も三人いれば反りの合わない子供がひとりくらいいてもおかしくありませんから」

「そういうことではないんじゃないかな。真知子さんもきみ自身も、お父さんのことを心配性だと言っていただろ」

「心配性だということは認めます。しかし心配だからといって僕を自分のコントロール下に置こうとするのはどうかと思います。自動車の免許すら取らせてもらえないんですから、はっきり言って雁字搦《がんじがら》めです」

ここへ来る途中、光彦はハンドルを握る崇臣に熱い視線を送っていた。やたらと手元を見られている気がしたのは、そういう理由からだったのか。

——確かに免許がないんじゃ、カーレーサーどころじゃないな。

崇臣は心から光彦に同情した。

「それなのに兄は、二十歳の時に免許を取得することを許されました。次期当主だから？　専属の運転手がいるのに？　意味がわかりません。兄は父と行動を共にすることが多いのですが、父は兄にしばしば意見を求めています。頼っているのです。信頼しているんです」

自分は父親に頼られていないし信頼もされていない。そう言いたいのだろう。項垂れる光彦にどんな言葉をかければいいのか。崇臣はかつてないほど逡巡した。父親の絶対的信頼の元、他の兄弟とは別扱いされてきた自分は、光彦を励ます役には最も不向きなのではないか。

「すみません、せっかくのデートなのにつまらない愚痴を聞かせてしまって」

崇臣は静かに首を振った。

「かりそめとはいえ俺は今きみの恋人だ。胸に溜め込んでいることがあるのなら、いつでも吐き出してくれて構わない」

「崇臣さん……」

光彦が瞳を揺らす。泣き出しそうな顔が愛おしくて、思わず手を伸ばしたくなる。

柔らかそうな頰。形のよい唇。指でそっと触れたら光彦はどんな顔をするだろう。

——何を考えているんだ、俺は……。

ふるんと頭を振ったところで、ゴンドラの扉が開いた。崇臣は光彦を待たせ、とある場所へ電話を入れる。色よい返事に口元が緩んだ。

「悪い。待たせたな」

「いえ。お仕事のお電話ですか?」

遊園地にひとりで放り出されるとでも思ったのか、不安げに尋ねる光彦を、崇臣はにやりとしながら見下ろした。

「光彦、カーレーサーになってみないか?」

「へ?」

光彦がきょとんと見上げる。

「カーレーサーって、あの、そもそも僕、運転免許を持っていない――」

「大丈夫だ。行くぞ」

「行くってどこへ……うわっ」

戸惑う光彦の手を摑み、崇臣は早足で歩きだした。おずおずと握り返してくる頼りない手のひらの感覚に、パーティーの夜のワクワク感が蘇《よみがえ》ってきた。

崇臣が光彦を案内したのは、北関東の山間にある菱田自動車のテストコースだった。社長である父・貞臣指揮の元、総事業費およそ三千五百億円を投資して五年前に完成した。自社の自動車の走行性能や環境性能、安全性能を今よりさらに高い水準に持っていくため、三千人を超える従業員によって日々研究開発が行われている。

　より多くの人々に菱田車の良さを知ってもらい、親しんでもらうために、ＣＭ撮影などにも積極的に使用する他、週末にはレーシングコースで様々な企画を催している。中でも人気の企画は、プロドライバーが運転するレーシングカーの助手席に乗り、サーキット走行ができる同乗走行体験だ。参加者が自らハンドルを握るわけではないので、身長や年齢などの条件を満たせば、運転免許を持っていない人でも体験が可能だ。

　人気企画ゆえ予約が取れるか心配だったが、現地スタッフに電話で確認したところ、幸運なことに午後からの枠に一名分空きがあると言われた。

「崇臣さーん！　お待たせしましたーっ！」

　走行体験を終えた光彦が、柔らかそうな髪を風に靡《なび》かせて駆けてくる。

　――だから走らなくていいのに。

　頬を紅潮させた満面の笑みに軽いデジャブを覚え、崇臣は苦笑を漏らす。

「どうだった？」

「すごかったです。滅茶苦茶《めちゃくちゃ》すごかったです。もうもう、本当にもう、言葉がありません」

　語彙《ごい》を失うくらい楽しかったらしい。崇臣は「よかったな」と微笑んだ。

「実際の室内ってあんな感じなんですね」

「俺も何度か乗ったことがあるけど、思ったよりタイトだろ」

「はい。ブレーキングのGも加速のGもこう、ぐーっと内臓にクる感じでかなり強烈でした。あれを冷静にコントロールするドライバーのスキル、本当にすごいですね。尊敬します」

瞳をキラキラと輝かせて興奮気味に語る光彦は、天真爛漫《らんまん》な子供のようだ。

——やっぱり笑っている顔が一番可愛いな。

さっきのような悲しそうな顔は見たくない。

「マシーンのパワーが強大だから、ちょっとした油断が大事故に繋がる。度胸以上に繊細なコントロール技術が必要だ」

「おっしゃる通りです。今日乗せていただいて、僕、やっと諦めがつきました」

「諦め？」

「実は、いつか経済的に父から独立した暁《あかつき》には、あらためてレーサーを目指そうかという思いがありました。夢を捨て切れていなかったというか。でも今日、プロのドライビングを体験してみてわかりました。僕にはレーサーは無理です」

「そんなことはないだろう」

「いいえ。好きだからこそわかります。僕はプロのレーシングドライバーにはなれません」

幼い頃からの夢を諦める。本来なら辛《つら》い選択のはずなのに、肩を竦める光彦の口調はさばさばとしていて、表情はどこか晴れやかですらあった。

もしかすると光彦は、努力だけでは到達できない世界があることを、とうの昔にわかっていたのかもしれない。それでも夢を持ち続けることで、父親の支配に屈しまいとしてきたのだろう。今度の騒動で初めて父親に正面からぶつかることができて、光彦の中で何かが変わり始めたのかもしれない。

二月の太陽は弱々しく沈むのも早い。予約しておいたフレンチレストランで夕食を済ませ、店を出た時には日はすっかり西に傾いていた。

「とても美味しかったです。ごちそうさまでした。絶叫マシーンに乗れただけでも夢みたいだったのにレース体験までさせていただいて、その上こんな贅沢な夕食までご馳走《ちそう》になってしまって」

「喜んでもらえたならよかった」

「何から何まで本当にありがとうございました」

光彦は、夕食代くらいは自分に出させてほしいと頑張ったが、崇臣は譲らなかった。恐縮しきりで礼を繰り返されると、なんだか胸の奥がムズムズしてくる。

「あー、夢のような一日でした」

光彦がうっとりと目を閉じる。

「大袈裟《おおげさ》だな」

「大袈裟じゃありません。今日一日の、どの瞬間もキラキラしています。全部切り抜いて額に入れて飾りたいくらい素敵な一日でした。僕の人生の中で、間違いなく最高の一日です」

どう考えても大袈裟な感動を口にする光彦のほんのり染まった頬に、崇臣は口元を緩めた。

「本音を言えば、デートくらいじゃ謝罪にすらならないと思っているんだけど」

謝罪。思わず口をついたその言葉に、光彦がハッと顔を上げた。

――しまった。

微妙な失言に、崇臣は慌てる。

「ああ、すまない。そういう意味じゃ……」

今、光彦と自分を繋げているのは紛れもなくあの夜の出来事だ。記憶がないとはいえ崇臣は酔って光彦に無体を働いた。無理矢理ではなかったという光彦の言葉が真実だとしても、犯した過ちは決して許されることではない。

だからこそお詫びに光彦の行きたいところへ連れていってやろうと思ったのだけれど、なぜだろういつの間にかまるで本当のデートのようにふたりの時間を心から楽しんでいる自分がいた。どうしたら光彦が笑ってくれるだろう、どうしたら光彦が喜んでくれるのだろうと、気づけばそればかりを考えていた。

――だとしても。

そういう意味じゃないのなら、どんな意味があるというのだ。崇臣は口を突きかけた言い訳を呑み込んだ。

一瞬落ち込んだように俯いた光彦だが、すぐに気を取り直したように顔を上げた。

「崇臣さん、わがままついでにもう一ヶ所だけ連れていっていただいていいでしょうか」

「もちろんだ。どこへ行きたいんだ？」

「ドラッグストアです」

令息はコンビニだけでなくドラッグストアも未体験なのだという。崇臣は「お安い御用だ」とスマホを取り出し、一番近いドラッグストアを目指した。

最寄りのドラッグストアは、レストランからほど近い雑多な店舗が密集するエリアにあった。そういった地域に足を踏み入れることすら初めてだったらしく、光彦は初めて動物園を訪れた子供のように、きょろきょろと興味深そうにあたりを見回していた。

雑踏を歩きながら、崇臣はふと誰かにつけられているような気配を感じた。後ろを振り返ったが、行き交う人混みの中に怪しい影はなかった。

——気のせいか。

胸を撫《な》で下ろす一方で、崇臣は今日一日光彦と恋人らしい接触をほとんどしていなかったことに思い至った。姿は一度も見えなかったが、もしもあの老探偵に後をつけられていたら、ちょっとマズイかもしれない。

「光彦、腕組もう」

崇臣は傍らを歩く光彦に、腕を組むように促した。突然の提案に光彦は「えっ」と戸惑い足を止めようとした。

「止まるな。壁に耳あり障子に目ありなんだろ？」

『か、壁に耳あり障子に目ありです。万が一ふたりで外出する際には徹底して「ラブラブな恋人同士」を演出しましょう』

自分の提案を思い出したのか、光彦は小さく頷いた。

「そ、そうでしたね。外では徹底してラブラブ演出でしたね。すみません、僕としたことが楽しすぎてすっかり失念していました」

「俺もたった今思い出したところだから、お互いさまだ」

ほら早く、ともう一度促すと、光彦は恥ずかしそうに小さく頷き、「それでは失礼いたします」と遠慮がちに腕を絡めてきた。

「もっと身体をくっつけないと」

「こ、こんな感じでしょうか」

光彦がおずおずと身体を密着させてくる。洋服越しに鼓動が伝わってきそうなほど、緊張しているのがわかった。そんなもの慣れない反応も、自分が光彦にもたらしたものだと思うと愛おしくてたまらなくなる。

「あの黄色い看板だ」

目当てのドラッグストアを指さした時だ。その真向かいのゲームセンターから出てきた三人連れに、崇臣はハッと息を吞んだ。

「どうかしましたか」

突然足を止めた崇臣を、光彦が訝《いぶか》るように見上げる。

「うん……よく知っている顔を見つけてしまった」

視線の先で、三人連れの最後尾を歩いていた少年がこちらを振り返った。何かを察したのだろう、光彦が絡めていた腕を解く。崇臣は驚いたように目を見開く少年の元にゆっくりと近づいていった。

「こんなところで何をしているんだ」

「兄貴こそ、なんでこんなところにいるのさ」

「兄……貴?」

驚く光彦の耳元で、崇臣は「末の弟の愛斗だ」と囁《ささや》いた。

「社有車かハイヤーでしか移動しない人だと思ってたけど、ちゃんと自力で移動できたんだ」

「質問に答えなさい。何をしているんだ」

威圧的な問いかけに、愛斗は「はっ」と吐き捨てるように嗤《わら》う。

「やだなぁ、ゲームセンターから出てきたんだよ? ゲームしてたに決まってるでしょ。今日は豊漁だったんだ。兄貴にも分けてあげる」

愛斗は肩にかけていたバッグの中から、豚のぬいぐるみをひとつ取り出し、崇臣の眼前につき出した。崇臣はそれをゆっくりとした手つきで薙《な》ぎ払う。

「いらないの？　可愛いのに」

肩をすくめる愛斗に、友人と思《おぼ》しき連れのふたりが、「愛斗、おれら先帰るわ」と小さく手を上げた。愛斗は「ああ、またな」とふたりに小さく手を振り返す。

残された三人を、これ以上ないほど険悪な空気が包む。

「塾の時間じゃないのか」

「さぼった。兄貴の言いたいこと当てよっか。来年は受験生なのにこんなところで遊んでいていいのか。勉強はどうした。俺が中二の時はお前の十倍は勉強していたぞ。くだらないことに時間を費やしてないで今からでもいいから塾へ行け――どう？　当たってるでしょ」

「わかっているならなぜ――」

「別におれ、兄貴たちみたいに超ユーシューな？　高校から、超々ユーシューな？　大学に行くつもりとか、さらっさらないんだよね」

「あのな、愛斗」

「兄貴さぁ、いい加減諦め悪いね。あの人たちは、おれのこととっくに諦めてるよ？」

両親のことを、愛斗はいつの頃からか「あの人たち」と呼ぶようになった。「パパ」「ママ」と甘ったれていた頃が、昨日のことのように思い出されるのに。

「出来の悪い三男に、今さら何の期待もしていないよ。大体兄貴がいれば菱田自動車の未来は安泰でしょ。晴兄ぃもチャラチャラしてるけどあれで結構デキル男だし？　ま、長男次男コンビで菱田自動車をもり立ててくださいな。おれは自由にやらせていただきま～す」

一方的に言いたいことを言うと、愛斗は「んじゃ」と背を向けた。

「待ちなさい、愛斗。話はまだ終わって――」

愛斗の肩に崇臣の手がかかるより一瞬早く、横から「わかります！」と声が飛んできた。

「その気持ち、とてもよくわかります」

「光彦……？」

「自分がこの家にいる意味はなんなのだろう。僕も毎日そう自問しながら生きています」

光彦は胸に手を当て、深々と何度も頷いている。

いきなり乱入してきた部外者に、振り返った愛斗は胡乱《うろん》げな視線を向ける。

「あんた誰」

「申し遅れました。僕は藤堂寺光彦と申します」

「藤堂寺って、あの藤堂寺？　旧華族のお坊ちゃんがこんなところで何してんの」

「僕は今、崇臣さんと一緒にそちらのドラッグストアへ向かう途中でした」

愛斗は向かい側のドラッグストアをちらりと見た後、光彦の頭の先からつま先まで、舐《な》めるように視線を這《は》わせた。

「あんた、兄貴の新しいコレ？」

小指をピンと立てる弟に、崇臣は軽い頭痛を覚えた。肝心の勉強をないがしろにして、くだらないことばかりちゃっかり覚えてくる。中学に上がってから愛斗は変わってしまった。朱に交われば赤くなると言うが、つき合っている仲間が悪いのだろうか。

「コレ、とは？」

案の定光彦は立てられた小指の意味を解せず、きょとんと首を傾げている。崇臣は深いため息をひとつつき、反抗期の嵐の只中にいる弟に出来得る限りの優しい声をかけた。

「愛斗、よかったら俺のところに寄っていかないか」

路上でぐうの音も出ないほど説教をされるのか、はたまた首根っこを摑まれて家に強制送還されるのか。どちらにしても屈しないぞと、のっけからファイティングポーズを取っていた愛斗は、いささか拍子抜けしたように「兄貴のマンションに？」と目を瞬かせた。

「お前に折り入って頼みたいことがあるんだ」

「頼み？　兄貴がおれに？」

「ああ。母さんには俺から連絡しておく。たまにはいいだろ？」

最近にない穏やかな口調に、愛斗は「別にいいけど」と、これも最近にはない素直さで小さく頷いた。

「光彦は、俺の恋人だ」

家に着くなり、崇臣は愛斗にそう告げた。

腕を組んで繁華街を歩いているところを見られた以上、何らかの策を講じなければならないと思ったのだ。ただの友人だと言い張ることもできるが、つけ焼刃の言い訳は早晩見破られるだろう。愛斗は自分で思っているほど頭の悪い子供ではない。それどころか自己肯定感の低さの反動からか、人並み以上に勘が鋭い。

「見てたらわかるっしょ。てか恋人宣言するために、わざわざおれをここに連れてきたの？」

愛斗はソファーにふんぞり返り、じろりと崇臣を見上げた。もちろん目的のひとつは愛斗に光彦を紹介し、恋人だと信じさせて味方につけるためだが決してそれだけではない。偶然とはいえ、このところ視線すら合わせようとしない末弟との距離を縮める、絶好の機会だと思ったのだ。

「兄貴が誰とつき合おうと、おれには関係ないんですけど」

「まあそう言うな。俺たちの関係は、父さんにも母さんにもまだ報告できずにいる。もちろん晴臣も知らない。今、菱田家の中で俺と光彦の関係を知っているのは愛斗、お前だけだ」

お前だけ。その台詞に、愛斗がピクリと眉を動かした。

「折を見て俺の口から正式に報告するつもりだが、今、光彦の家の方もちょっとごたごたしていてな。機会を窺っているところなんだ」

「ふうん。何、親と上手《うま》くいっていないとか？」

「先日父と前代未聞の大喧嘩をしてしまい、現在家出中なんです」

光彦が神妙な面持ちで答える。

「家出……」

「僕の家の問題で崇臣さんにご迷惑をおかけしてしまって、申し訳ないと思っています」

援護射撃のつもりなのか、それとも本心から出た台詞なのか。傍らの光彦がしおしおと項垂れるのを見て、愛斗はその瞳に同情の色を浮かべた。

「まあ、兄貴の恋人が男だってわかったら、あの人たちひっくり返るだろうね。菱田家は上を下への大騒ぎだ。理解を示してくれそうなのは晴兄ぃくらいかも」

「僕が女性だったらよかったんですけど」

さらに項垂れる光彦に、愛斗が「ああ、ごめん」と慌てた。

「そういう意味じゃないんだ。おれはむしろ大騒ぎになればいいと思ってるくらい。大企業が何？　次期社長だったら何だっていうの？　家柄がどうしたの？　自分が好きになった人と結ばれること以上に大事なことなんて、あるわけないじゃん」

思春期らしい純粋な感性で紡ぎ出された愛斗の言葉は、久しぶりに聞いた彼の本音のように感じた。

「愛斗さん……ありがとうございます」

瞳を潤ませる光彦の方に向き直り、愛斗は力強く頷いた。

「大丈夫、安心して。兄貴に対してはいろいろと思うところはあるけど、おれ、あんたのこと気に入ったから」

「本当ですか？」

「ああ。男に二言はない」

どちらが年上なのかわからない会話に脱力していると、愛斗がちらりと視線をよこした。

「つまり兄貴、おれに頼みっていうのは、ふたりの関係をあの人たちに黙っておいてほしいってことなんでしょ？」

「面目ないが、そういうことだ。俺たちがアクションを起こすまで、この件はお前の胸に留《とど》めておいてくれないか。頼む」

崇臣は立ち上がり、十四歳の弟に向かって深々と頭を下げた。傍らの光彦も「お願いします、愛斗さん」と一緒に頭を下げた。

「ちょ、や、やめてよ。気持ち悪い」

ふたり揃《そろ》って頭を下げられるとは思っていなかったのだろう、愛斗はあからさまに動揺した様子でソファーから立ち上がった。

「頭なんか下げなくても、最初からチクる気とかないし」

「そうだったな。お前は小さい頃からずるいことが嫌いな子だった」

「子って言わないで。おれはもう子供じゃない」

愛斗は拗ねたように口を尖《とが》らせ「そうだったな」と頭を撫でようとした崇臣の手を払いの

けた。しかしいかにもうざったそうな態度とは裏腹に、その顔には躍るような文字で「崇兄ぃに頼られてめっちゃ嬉しい」と書いてあった。

——ごめんな、愛斗。

不良を装ってはいるが、愛斗は元来素直で真面目な子だということを崇臣は知っている。絶賛中二病発病中だが、それは愛斗が自分の生きる道を懸命に模索しているからだ。悩みのひとつもなくチャラチャラと根無し草のような暮らしをしている晴臣より、人間として百倍信頼がおける。

だからこそ胸が痛む。自分たちの関係が偽装だったと知れは、愛斗はきっとがっかりするだろう。光彦をピンチから救うためだとしても「騙《だま》された」と思うに違いない。

——どう転がっても、前途多難だな。

深いため息をついたところで、ポケットの中でスマホが振動した。部下の名前が表示されているのを確認し、崇臣は「ちょっと失礼」と自室に入った。

三つ四つ指示を出し、数分で電話を切る。すぐに戻ろうとした時、リビングに残ったふたりの会話が聞こえてきた。崇臣はドアノブに手をかけたままそっと耳を欹《そばだ》てた。

「二十歳～？　おれ、てっきり高校生だと思った」

「あはは。三十歳の方が高校生とつき合ったら犯罪ですよ」

「そっかな。おれは当人同士が愛し合っていれば問題ないと思うんだけどなぁ」

「僕もそう思います。けれど理想通りにはいかないのが大人の世界なのです」

愛斗が「つまんない世界」と嘆息する。

「しっかし、あの崇兄ぃが遊園地デートだなんて、泳ぐチンアナゴ見た気分」

「泳ぐチンアナゴ？」

「超レアってこと」

——愛斗のやつ……。

ひと回り以上年の離れた弟に、よもやチンアナゴ呼ばわりされる日が来るとは。覚えていろよと、崇臣は内心毒づいた。光彦がクスクスと笑う声が聞こえる。

「ね、光彦くんもそう思うでしょ？」

「僕は、よくわかりません」

「でも今笑った」

「少し前に、同じような喩《たと》えをした方がいらっしゃったんです。あっ、ま、愛斗さんの知らない方ですけど」

愛斗は「ふうん」と受け流してしまったが、崇臣はふと首を傾げる。

——それは、誰のことだろう。

芽生えた小さな違和感は、愛斗のとんでもない質問によって掻《か》き消されてしまう。

「ねね、他にはどんな場所でデートするの？　ラブホとか行ったりする？」

好奇心剝き出しの中坊に、崇臣は部屋を出る機会を逸する。

「そ、そうですね、デートは……崇臣さんがお忙しいのであまり。ラブホは……」

光彦の困惑顔がありありと目に浮かぶ。

――いちいち真面目に答えなくていいから！

「今は同棲しているので」

「あそっか。だよね。じゃあ旅行とかは？」

「旅行もあまり」

「ダメダメじゃん、崇兄ぃ。いくら同棲しているからって、たまには温泉旅行くらい連れて行ってほしいと思うでしょ？」

「温泉ですか。いいですね」

温泉のひと言に、光彦の声色が明らかに変わった。

「今度頼んでみなよ。温泉に連れてってくださいって。崇兄ぃって、そういう気遣い全然できないタイプだからなぁ」

そうですね、と光彦が笑う声がする。中学生の弟に「気遣いができない」と一刀両断され、崇臣は苦笑交じりに嘆息するしかなかった。

「それにしても、崇兄ぃに頼み事されるなんて生まれて初めてで超びっくりした」

「崇臣さん、愛斗さんのことをとても信頼しているんですね」

「信頼っていうか、光彦くんへの愛の強さじゃない？　でなきゃあの論破大王がおれに頭なんか下げないよ」

「論破大王？」

「崇兄ぃのこと頭ん中でそう呼んでる。あの人に理屈で敵う人、この世にいないと思う」

「頭の切れる方ですからね」

「えぇえぇ、それはもう。東大主席卒は格が違いますよ」

「崇臣さん、主席だったんですか」

「当然のことだ、みたいに自慢すらしないところが、余計に腹立つんだわ」

ケッと愛斗が吐き捨てる。どんなに理屈で立ち向かっても、いとも簡単に論破されてしまうことを相当根に持っているようだ。今度「俺は東大を首席で卒業したんだぞ」と面と向かって自慢してみようかと考えるが、間違いなく今以上に嫌われそうだ。

――まあ、どちらにしても反抗する気なんだろう。

崇臣はひっそりと苦笑する。

「でも羨《うらや》ましいです。僕など生まれてこの方、父や兄から大切な頼みごとをされたことは一度もありませんから」

次期当主として父の絶大な信頼を得ている兄と、後妻との間に生まれ目下アイドル的存在の弟に挟まれ、自分の存在意義を見失っている。光彦の打ち明け話は、愛斗の心の中心に響いたようだった。

「藤堂寺家における僕の存在意義は、庭の片隅の石灯籠《どうろう》と同じ程度でしょう。ああ、そういえばそこにあったね、忘れてた、的な」

「わかる！　それめっちゃわかる。三男なんてホントおまけだもん。とりあえず『ちゃんと勉強しなさい』とかうるさく言ってくるけど、期待の〝き〟の字もしてないのバレバレ」

「同感です。僕も期待の〝き〟も〝た〟も〝い〟も、一切感じたことはありません」

――いやいや、ふたりとも自己肯定感低すぎだろう。

冗談にしか聞こえない会話だが、当人たちの口調は真剣そのものだ。

「一番腹が立つのが、おれだけ〝臣〟の字をもらえなかったこと。父さんが貞臣、長男が崇臣、次男が晴臣って来たら普通、三男も『なんとか臣』にするはずじゃん？　光彦くんのところは？」

「兄が晃彦、弟は朋彦です」

「ほらね。それが普通なんだよ」

――あいつ、そんなこと考えていたのか……。

愛斗が生まれたのは崇臣が高校生の時だ。年齢的に予定外の妊娠だったであろうことは想像に難くないが、それでも無事誕生した三男を交互に抱く両親の幸せそうな姿は、今も脳裏に焼きついている。

『男の子でも女の子でも、みんなに愛されるように「愛」の字をつけたらどうかしら』

『ああ、そうしよう』

当時の両親の思いを知ったら、愛斗はどんな反応をするだろう。

「崇兄ぃはいつだって正しい。そんなのおれだってわかってるんだ。でも大上段で正論を振りかざされたら、おれの居場所はますますなくなる」

「わかります。正論というのは時に刃ですからね」

ふたりでぶんぶんと頷き合っている様子が目に浮かぶ。幸か不幸かよく似たコンプレックスを抱いたふたりが出会ってしまったらしい。よくわからない相乗効果によって互いの自己肯定感をスパイラルで低下させている。崇臣は軽い目眩を覚えた。

「おれさ、多分誰かに強烈に必要とされたいんだと思う。おれをだけを頼って、おれだけを必要としてくれる人に出会いたいんだと思うんだ」

「まったく同感です。僕も『お前以外の誰でもダメなんだ。お前の代わりはいない』と言ってくれる人に出会いたいです」

光彦の発言に、崇臣は思わず「あっ」と声を上げそうになった。愛斗に気を許し過ぎて、つい設定を忘れてしまったらしい。

「えっ、崇兄ぃは？　違うの？」

案の定愛斗に突っ込まれ、光彦は「あっ、あああっ、それは」と慌てている。

「そうでした。僕には崇臣さんがいますから、愛斗さんよりはマシかもしれません」

「かもって、もしかして崇兄ぃ、浮気とかしてるの？」

「まさか！　全然、まったく、微塵《みじん》も、そういったことはありませんのでご心配なく」

――必死すぎてよけいに怪しいよ、光彦……。

崇臣は半笑いでこめかみを押さえる。

「ならいいけど、もし崇兄ぃが浮気なんかしたら、いつでもおれに相談してよね。力になるからさ」

「ありがとうございます、愛斗さん」

「愛斗でいいって。六つも年下なんだから」

楽しそうに弾む会話に、崇臣は部屋を出るタイミングを逸する。

――なんと言うか……。

少しでも距離を縮めることができればと家に誘ったのに、愛斗はこの短時間で兄の自分ではなく、(偽装)恋人の光彦との信頼関係を築き上げている。

「呼び捨てはハードルが高いので、愛斗くんでいいですか」

「呼び捨てがハードル高いとか、草生えるんだけど」

「草？」

「ネットで見ない？　wのマーク。笑える～って意味」

「なるほど。確かにたくさん並ぶと草が生えているように見えますね」

特殊な生育環境のせいか妙に老成しているところもあるが、光彦はまだ二十歳だ。年齢だけでなく興味の対象や感性も、社会に出て久しい自分よりも、愛斗のそれに近いのかもしれない。そう考えたら、なぜだか胸の奥が一瞬もやりとした。

——なんだろう、この感情……。

とはいえ光彦のおかげで、愛斗が心の裡《うち》に隠し持っていたヒリヒリを垣間見ることができた。思春期の心の闇は大なり小なり誰にでも訪れる。納得がいくまで考え、苦しみ、自分の力で道を切り開かない限りトンネルの出口は見えてこない。

家族にできることはただひとつ、どんな時も「俺たちはお前を愛している」「どんな時もお前の味方だ」と伝え続けることだろう。

愛斗が帰ると、崇臣は光彦といつものようにバルコニーへ出た。相変わらず帰宅は深夜になることが多いが、少しでも早く帰ることができた日は、路上で張っている老探偵にイチャラブを見せつける。

「探偵さん、今夜も来ているみたいですね」

「仕事とはいえ、ご苦労なこった」

「今朝は小雪がちらついていましたし、お身体に障らないといいんですけど」

光彦は探偵の老体を気遣う。以前『カイロを差し入れましょうか』と真顔で言われた時には、膝がカクンとなりそうになった。

――まあ、それが光彦の光彦たる所以《ゆえん》なんだけど。

「早めにシャッターチャンスを与えて、ちゃっちゃとお帰り願おう」

崇臣は光彦の肩に手を回し、ぐっと胸に引寄せる。途端に腕の中の細い身体が硬くなるのにも慣れた。

自分で言い出した作戦なのに、肩を抱くたび光彦はあからさまに緊張する。性的なニュアンスを伴う接触に慣れていないのだろう。初々しさに好感を抱きながらも、崇臣の胸には複雑な思いが過る。酔って自分を襲った相手に対する恐怖は、時間が経ったところで決して消えることはないのだ。

当然のことだ。わかっていても、光彦が自分に対して抱いているであろう怯えを想像すると、暗澹《あんたん》たる思いになるのだった。

――俺は光彦に何を期待しているんだ。

もしもあの夜あれほど泥酔しなかったら、酔って手を出したりしなければ、光彦との間にもっと違った展開があったのだろうか。詮無《せんな》いこととわかっていても、しつこく脳を支配する「もしも」がある。そしてぐるぐると逡巡した末、いつも同じ場所に帰着する。

光彦の目的は、意に染まない見合いを回避することだ。崇臣と出会わなければ、別のやり方で――たとえそれが超絶斜め上な作戦であっても――なんらかの策を講じただろう。

「崇臣さん、今日はありがとうございました。本当に贅沢な一日でした」

リビングに戻ると、光彦はあらためて今日一日の礼を口にした。

「疲れたんじゃないのか？」

「いいえ全然。盛りだくさんで、贅沢で、豪華で。まるで海鮮丼のような一日でした」

「海鮮丼……なるほど」

言い得て妙だなと、崇臣は小さく噴き出す。さしずめ最後にちりばめられたキラキラのイクラは、愛斗との弾むような会話だろうか。

光彦といると、緊張続きの仕事で凝り固まった心が、じんわりと解れていくのを感じる。ちょっぴり気の抜けた会話に癒され、いつに間にか温泉にでも浸かったようにリラックスしている自分がいる。

偽装ではあっても、光彦との暮らしは間違いなく楽しい。ただ、だからこそ訪れる終焉《しゅうえん》を想像せずにはいられない。

——本当にこのままでいいんだろうか。

見せかけの同棲生活を始めて、二週間以上が過ぎた。

『父は一度頭に血が上ると、平常心に戻るまでにひと月近くはかかるかと』

あの時の光彦の言葉を信じるとすると、およそ二週間後には光彦の父親である昌彦と対面しなくてはならないことになる。当然、昌彦が予定より早く冷静さを取り戻し、なんらかの形で崇臣に面談を求めてくる可能性も否定できない。

幸いなことに真知子は、若干の疑いは残しつつもひとまず自分たちの関係を受け入れてくれた。同じように彼の父親についても、うそにうそを重ねて言い包《くる》めることは可能だろう。しかしそれもあくまで一時的なものだ。永遠に光彦の恋人を演じ続けることは不可能だ。遅かれ早かれ光彦は、ふたたび修羅場を迎えることになる。仮に昌彦が真知子と同じように自分たちの交際を認めてくれたとしても、それをもってハッピーエンドにはならない。

真のハッピーエンドは、光彦が本物の自由を手に入れることだ。かりそめの、しかも自分に無体を働いた相手に、偽装の恋人を演じてもらうことが本当の幸せではない。偽の恋には偽の幸せしか宿らない。光彦には、彼が本当に好きになった人と結ばれてほしい。

——そしてその相手は、俺じゃない。

胸の奥が鈍い痛みを覚える。光彦の未来を想像するたびに、こんな痛みを感じるのはなぜなのだろう。

「崇臣さん、お風呂が沸いたみたいです。お先にどうぞ」

自室に戻ろうとする背中を「光彦」と呼び止めた。きょとんと振り返る顔が可愛くて、またぞろ胸が痛む。

「なんでしょうか」

「うん……あのな、あれから俺なりにいろいろ考えているんだけど、やっぱりこのままというわけにはいかないいんじゃないかな」

「……え」

光彦の表情が一瞬にして強張る。

「うそはいつか必ずバレる。お父さんにきみの性指向を正直に打ち明けて『だから婿養子には行けない』とはっきり断った方がいいんじゃないかな。その方がずっと建設的——」

「今さら？」と光彦が遮る。

「祖母は頭が柔軟なのですぐに理解をしてくれましたが、父は本人の意思を無視して婿養子の話を決めてくるような人間です。結婚すれば女性を好きになれるはずだ！　と、かなり高確率で言い出すでしょう。依怙地《いこじ》になってよけい強引に話を進めかねません」

光彦は世にも暗い表情で「そうなったら本当に地獄です」と項垂れた。

——光彦……。

こんな辛そうな顔をさせるために呼び止めたわけじゃないのに。崇臣は唇を噛む。

光彦には笑っていてほしい。毎日幸せの海鮮丼の中で生きていてほしい。贖罪《しょくざい》から引き受けた恋人役だったはずなのに、気づけばどうしたら光彦が幸せになれるのか、そればかりを考えている。

——光彦のために、俺にできることはないのか……。

「そもそも僕は、あまり恋愛に積極的ではありません。興味も関心もありません」

興味も関心もないのに、行為だけは『中級者向けコースを直滑降で下りられるくらいのレベル』なのだろうか。

——そういうタイプには見えないんだけど。

「そんな僕が、短期間のうちに本物の恋人を作れると思いますか？」

「恋に落ちるのは一瞬だ」

「出会いの場がありません。恋というのはどのあたりに落ちているんでしょうね」

光彦の口調がどんどん尖ってくる。拗ねた子供のようでもあり、将来を悲観する重病人のようでもある。

「あ、そうか、ＳＮＳで探せばいいんですよね。簡単なことでした」

「ＳＮＳはダメだ」

「どうしてですか。一番手っ取り早い——」

「やめろ」

強い口調に、光彦はその身体をビクンと竦ませた。

「悪い……怖がらせるつもりじゃなかった」

「いえ……」

「出会いの場はＳＮＳだけじゃないだろ。よかったら俺の知り合いを——」

——しまった。

皆まで言うまえに口を噤《つぐ》んだが遅かった。後に続く言葉を察したのだろう、光彦の瞳がすーっと色を失くしていく。

「そうですよね……見ず知らずの人間と突然同棲なんて、やっぱりご迷惑ですよね」

「迷惑だなんて言っていない」

「わかっていたんです。でも父の暴挙にどうしても屈したくなくて、ご無理を申し上げました。巻き込んでしまって申し訳ありませんでした」

「光彦、あのな」

光彦は静かに首を振る。口元に湛えた弱々しい微笑みが、崇臣の胸を絞めつける。

「崇臣さんのお友達とか、お知り合いなどで、僕とつき合ってみてもいいと言ってくれそうな方を紹介してくだされば幸いです。崇臣さんが宛《あて》がってくれた人ならきっと素敵な人でしょうから、無条件でおつき合いさせていただきます」

「何を言っているんだ」

「そうすれば、これ以上崇臣さんにご迷惑をおかけせずに済みますから」

「だから迷惑だなんて一度も――」

「本物の恋人なら父にも堂々と紹介できます。すんなり受け入れてもらえるとは思えませんが、それでもうそをつき続けるよりマシです。崇臣さんの言う通り、やっぱりこのままというわけにはいきません。うそはいつか必ずバレます」

自らの発言を逆手に取られ、崇臣は押し黙るしかなかった。

「やっぱり少し疲れたみたいです。先に休みます」

「光彦」

「おやすみなさい」

「光彦、ちょっと待っ――」

振り向きもせず、光彦は自室に入ってしまった。バタンと閉まるドアの音に、崇臣はソファーに腰掛けたまま頭を抱えた。

――何をやっているんだ、俺は。

『よかったら俺の知り合いを――』

思わず口を突いた言葉は、間違いなく光彦を傷つけた。崇臣がしようとしたことは、光彦の意思を無視して『婿養子に行け』と言い放った彼の父親と何も変わらない。

『正論というのは時に刃ですからね』

光彦の台詞が蘇る。

「なんでこんなことになっちまったんだ……」

頭を抱えながら、深く重いため息を落とした。

光彦の笑顔を守りたい。幸せになってほしい。その一心だったはずなのに、蓋《ふた》を開けてみれば崇臣自らが発した言葉で光彦から笑顔を奪ってしまった。

ホテルの中庭で、『俺と一緒にここを抜け出さないか』と光彦の手を引いた。震えながら縋るように握り返してきた手の感触を、おそらく生涯忘れることはないだろう。

激しい自己嫌悪に苛まれていると、傍らのスマホが鳴った。表示された名前に、崇臣は思わず眉間に皺を寄せた。

「なんだ。何か用か」

『うわっ、もしかしてめっちゃ機嫌悪い？』

「用がないなら切るぞ」

『ちょっと待ってよ。用があるから電話してるんでしょ。可愛い弟に向かって、その言い草はないいんじゃゃないの？』

崇臣にとって〝可愛い〟弟は愛斗ひとりだ。『感じ悪いなあ、もう』とクスクス笑う晴臣に苛立《いらだ》ちが増す。

「急用でないなら明日にしてくれないか。疲れているんだ」

『あらら、珍しい。なんかあったの？』

「疲れていると言ったのが聞こえなかったか」

『あー、ごめんごめん。ちょっと小耳に挟んだ話があってさ。兄貴、今日テストコースに行ったんだって？』

トクンと心臓が弾んだ。

「誰に聞いた」

『それは秘密～。開発部長が可愛い子を連れてテストコースに現れたって社員たちが噂しているのを耳にして、確認しようと思ってね』

楽しそうな声に苛立ちが増幅していく。

「ただの知り合いだ」

『藤堂寺家のご令息だって聞いたけど？』

一番面倒な人間に知られてしまった。崇臣は小さく舌打ちをした。

――一体誰が……。

一瞬愛斗の顔が浮かんだが、すぐにそれはないだろうと思い直す。あれほど打ち解け合っていた光彦を裏切るような真似を、愛斗がするはずがない。さしずめテストコースに居合わせた晴臣の同僚にでも見られていたのだろう。

「大した情報網だな」

『えーっと名前は……そうそう光彦くんだっけ？　藤堂寺家の次男。確か今月初めのガラパーティーに来てたよね』

「らしいな」

『らしいなってさあ』

スマホの向こうで晴臣がふふっと笑う。

『光彦くんが、兄貴の新しい恋人って認識でＯＫ？』

「お前がどう認識しようと知ったことじゃない。ただ、私生活には口出しをしない方がいいんじゃないかな。お互いに」

『俺に関しては心配ご無用です。菱田の次男はどうしようもないチャラ男だって、世間にも浸透しているからね。多少の醜聞じゃ親父《おやじ》も動じない。でも兄貴は違う。週刊誌に「菱田自動車の次期社長に同性の恋人か！」なんて書かれちゃったらさすがに困るんじゃない？　第一そんなことになったら光彦くんどうするんだろう。まだ学生でしょ？　耐えられるかな』

挑発的な物言いに、頭の中でカチンと音がした。

「脅しているつもりか」

『まさか。逆だよ。そうならないように力になってあげようと――』

「結構だ」

『素直じゃないなぁ。せっかくひっそりと愛を育む秘訣を伝授して――』

「うるさい。この件はお前には関係ない。一切首を突っ込むな」

けんもほろろに告げ、乱暴に通話を切った。勢いのままスマホをテーブルに投げ出すと、崇臣はソファーに深々と背中を預ける。怒りを鎮めるように、天井を仰いでふうっと長いため息をついた。

どうしてこんなことになってしまったのか。愛斗はまだ中学生だ。憎まれ口を叩きながらも心の奥底では自分を慕っているのがわかる。しかし晴臣は違う。恋愛問題に関しては恐ろしいほど勘が働く。野生動物並みの嗅覚で、早々にこの関係が偽装であると気づいてしまうだろう。

——いっそ晴臣にだけ事実を……。

過った思いを即座に否定した。花から花へひらひらと飛び移る蝶《ちょう》のように恋愛を楽しむ晴臣を、崇臣が理解することは生涯ないだろうし、理解したいとも思わない。

光彦がどれほど真剣に悩み、どんな覚悟で家を出てきたのか、晴臣にはわからない。面白がってあることないことを吹聴して回らないとも限らない。そんなことになれば今度こそ光彦は取り返しのつかないダメージを受けるだろう。

崇臣との偽装恋人関係を楯《たて》に意に染まない見合いを回避する。それが光彦の願いだ。近々昌彦と対峙《たいじ》する時が来るだろうが、その際は全力で彼を擁護するつもりだ。光彦の尊厳を守るためならうそなどいくらでもつける。その結果地獄に堕《お》ちても構わない。

昌彦が息子の性指向を受け入れ、婿養子の話を白紙に戻すと宣言した時、崇臣の役目は終わる。光彦はようやく本物の自由を手に入れることができる。その日が来るまでどんなことをしても光彦を守ってやりたい。今それができるのは自分以外にいないのだから。

——ただ……。

それはこの同棲の解消を意味する。光彦はこの家から消えてしまうのだ。

どんなに遅く帰っても、光彦は玄関で出迎えてくれる。先に寝ていろと何度言っても、律儀に起きて待っている。そして一緒にカップ麺を啜るのが日課になった。先日、光彦の部屋の片隅に大量のカップ麺が買い足されているのを見つけた。一体いつまでここにいるつもりなのだろうと思ったら、可笑しくなって笑ってしまった。そして同時に、胸の奥に絞られるような痛みを覚えた。

「光彦……」

唇から思わずその名が零《こぼ》れる。ドア一枚隔てた向こう側で、光彦はもう寝息を立てているのだろうか。それともじっと暗い天井を見上げ、悶々《もんもん》とした時間を過ごしているのだろうか。せめて就寝中くらい楽しい夢を見ていてほしい。夜の静寂の中、そう願わずにはいられなかった。

◇◇◇

——どうしてあんな心にもないことを言ってしまったんだろう。

日曜日の夜、思わず口を突いてしまった台詞を、どうにかしてなかったことにはできないだろうか。都合の悪い過去を消し去ってくれる魔法の消しゴムが、世界のどこかで売られていないだろうか。

『崇臣さんが宛がってくれた人ならきっと素敵な人でしょうから、無条件でおつき合いさせていただきます』

――僕の……バカ。

自分の頭をポカポカと殴ってみても、おそらく魔法の消しゴムは手に入らないし、時間を巻き戻すこともできない。

『よかったら俺の知り合いを――』

崇臣が呑み込んだ続きの台詞を想像した瞬間、頭が真っ白になってしまった。

嫌だ。反射的にそう思った。誰も紹介などしてほしくない。それなのに口から飛び出したのは本心とは正反対の台詞だった。

やっぱり崇臣はこの偽装同棲を迷惑だと思っていたのだ。最初からわかっていたことなのに、自分でも驚くほどショックを受けてしまった。初デートが楽しすぎて、幸せすぎて、現実を忘れそうになっていた。崇臣の優しさに目隠しをされて、いつの間にか本当の恋人になったような気分でいた。

知人を紹介してまで、自分にここを出て行ってほしいと思っていたとは。デートの余韻にポーッとなっていた頭に、思い切り冷や水を浴びせられた気分だった。不覚にも込み上げてきた涙を零さないよう必死にこらえた。

——怒っているかな、崇臣さん……。

崇臣の態度に変化はないが、その胸の裡はわからない。帰宅後のカップ麺タイムは辛うじて続いているけれど、ふとした瞬間に感じるどこかぎくしゃくとした空気は、多分気のせいではないだろう。

あれから三日。崇臣は相も変わらず忙しそうだ。いっそのこともっともっと忙しくなればいい。そうすれば光彦に紹介する知人を当たる時間もなくなるのに。

——僕はどうしたいんだ。

考えれば考えるほどわからなくなってくる。もしも今夜、崇臣が「紹介するよ」と知人を連れて帰ってきたら？　その人が優しい人だったら？　話の合う人だったら？　気に入ってもらえたら？　自分はつき合うのだろうか。

——無理。

光彦はふるふると頭を振る。

『きみの恋愛対象は、男性なのか』

あの日崇臣に尋ねられるまで、自分の性指向について考えたこともなければ、疑問を抱いたこともなかった。それ以前に恋愛経験のない光彦には、人を好きになるという感覚自体がよくわからない。

『どんなに優しくされても、そうじゃなかったら男に抱かれるのは嫌だろう』

崇臣の問いかけに、光彦はまともな返事ができなかった。常識的に考えてきっとそうだろうと想像することはできても、実感を伴った答えは光彦の中にない。

ただなぜだろう、崇臣と一緒にいると今まで感じたことのない胸の高鳴りを覚えるのだ。不意にふわりと向けられる笑顔には、普段の凜と男らしい佇《たたず》まいからは想像もできないとろりとした甘さがある。低く滑らかな声で『光彦』と呼ばれるたび、呼応するように下腹の奥の方がぞくぞくと疼《うず》く。

できることならこのままずっと、この同棲生活を続けられたらいいのにと思う。かりそめと知っていても、偽装だと承知していても、崇臣の元を離れて他の誰かとつき合うなんて考えるのも嫌だ。

迷惑がられていると知ってなお、その思いは日増しに膨れ上がっていく。ほんの短い期間で、呆れるほど図々《ずうずう》しい人間になってしまった自分に驚きを隠せなかった。

崇臣が傍《そば》にいてくれるだけで何も怖くなくなる。まるで見えない将来への不安も、父への苛立ちも、崇臣といる時だけは忘れることができる。

柔らかな陽だまりに包まれているような、なんとも言えない安堵《あんど》感。しかしその中に時折言い表しようのない胸の疼きを覚える。苦み、酸味、甘み――それらが混然一体となって、しばしば心の奥を苛むのだった。

中学時代クラスメイトと交わした会話が蘇る。

『胸の奥がこう、きゅんっていうか、ぎゅうっていうか、変な感じになるんだ』

同じ部活の女子を好きになってしまった彼は、胸に手を当ててそう言った。

『変な感じって？　痛いの？』

『痛いのとはちょっと違う。うずうずっていうか、ムズムズっていうか。時々ワーッて叫びたくなるような？　わかんないかなあ』

『ごめん。全然わからない』

どれほど説明されても、その時の光彦は彼の言わんとすることを理解できなかった。けれど崇臣に対して覚えるこの感情は、驚くほどあのクラスメイトを思い出させる。

――恋……なんだろうか。

いや、そうじゃない。これはおそらく〝刷り込み〟というやつだ。鳥の雛《ひな》が最初に目にした物を親だと認識してしまう現象。あまりにも晩生で、成人するまで恋愛の〝れ〟の字も経験せずに来てしまったため、最初に出会った素敵な人を、脳が恋愛対象だと誤認してしまったのだ。きっとそうだ。そうに違いない。

「解けた！　問三、やっと解けたよ！」

嬉しそうな愛斗の声に、光彦はハッと顔を上げた。気づけば十分以上、ぼーっと崇臣のことを考えていた。

「ね、光彦くん、答えこれで合ってる?」

「どれどれ」

急《せ》くように差し出されたプリントを受け取る。愛斗が持参してきた塾の課題プリントだ。

「うん、正解。完璧ですね」

愛斗が「おっしゃっ」と小さく拳を突き上げた。素直に喜びを表現する様子はいかにも中学生らしく、ゲームセンターの前で出会った時とは別人のように生き生きとしている。

憧れの兄から思いがけず寄せられた信頼は、荒《すさ》みかけていた弟の心に想像以上の勇気と力を与えたらしく、愛斗はあの翌日から人が変わったように勉強に取り組み出したらしい。実家の母親から「何があったのかしら。志望校をあなたと同じ高校に変更するって言い出したのよ」と戸惑いの電話が来たと、崇臣は苦笑していた。

ようやくスタートラインに立った愛斗は、先を行くライバルたちを猛追すべく、光彦に家庭教師を頼みたいと言ってきた。塾が始まるまでの二時間ほど、ここで勉強を見てほしいという依頼を、光彦は快く引き受けることにした。

この日愛斗が取り組んでいたのは数学。因数分解の応用問題だった。かなりレベルの高い問題で、愛斗は十五分以上手こずっていたが、最後にはちゃんと自力で解に辿《たど》り着いた。

「よく頑張りましたね」

「でも時間かかりすぎ」

「本番以外はどんなに時間がかかっても、ちゃんと解を導き出すことが重要なんですよ。一度解き方を覚えれば次は十分の一の時間で解けます。あとこのプリント、問三が解ければ問四と問五は、応用でいけますからね」

愛斗は満足そうに「わかった」と頷いたが、そのまま「ふええ」と変な声を出してソファーにへたり込んでしまった。

「久々に脳みそフル回転させたら、なんかお腹空いた気がする」

「カップ麺がありますよ。たくさんあるからひとつどうですか?」

「え、カップ麺? 崇兄ぃ、カップ麺なんか常備してるんだ」

「崇臣さんではなく僕が買ったんです」

コンビニでカップ麺を大人買いした経緯を話すと、愛斗は「光彦くんらしいや」と転げ回ってコロコロと笑った。

「そんなに可笑しいですか?」

「だってさぁ、二十歳になるまでお父さんの言うことちゃんと聞いてるなんて、おれに言わせたら化石だよ」

「化石ですか」

「普通は大体小二くらいで、親の目をちょろまかしてコンビニで肉まんとかおでんとか、買い食いするもんだよ?」

「それが世の常識なのでしょうか」

「うん。小学男子の常識」

——そうか、常識なのか……。

ふと、崇臣の顔が浮かんだ。

「崇臣さんも、やっぱり小二くらいで肉まんデビューをなさったんでしょうか」

「えっ、崇兄ぃ？　う〜ん、どうかなぁ」

愛斗はちょっと困ったように後頭部で両手を組んだ。

「崇兄ぃには、親の目を盗んで自由にコンビニで買い物したいとか、そういう欲求自体なかったんじゃないかな。ほら、生まれながらの優等生だから」

「生まれながらの優等生……」

「おれが生まれる前のことだから、実際のところはどうなのかわかんないけど、なんとなく崇兄ぃは、おれとか晴兄ぃみたいに、自由の翼を欲しがっていない気がするんだ」

自由の翼。愛斗が何気なく放った言葉は、なぜだろう光彦の心の真ん中にふわりと静かに舞い降りた。

崇臣と自分に共通点と言えるものはほとんどない。けれど今、自由の翼を欲しがっていないと愛斗が口にした瞬間、「似ている」と感じた。自分と崇臣は似ている。

この世に生を受けてからずっと、自分の置かれた環境になんの疑問も持たずに生きてきた。

旧華族という少々特殊な家柄ではあるが、窮屈でたまらないとか逃げ出したいだとか、差し迫った欲望を抱いたことはなかった。少なくとも父が見合い話を持ってきたあの日までは。

崇臣も自分と同じなのかもしれない。生まれながらの優等生。次期社長。いつプレッシャーに押しつぶされてもおかしくないのに、その環境があまりに当たり前なものだから、プレッシャーをプレッシャーと感じることすらなく日々を生きているのだろう。

「あ、そうそう、ちなみにカップ麺にはマヨネーズが必須だからね」

「えっ、ラーメンにマヨネーズですかっ？」

目を剝く光彦に、愛斗はマヨネーズの魅力を語ってくれた。この国には、マヨネーズなしに食生活が成り立たない人が数多く存在するらしい。マヨラーと呼ばれる彼らは常にマイマヨを携帯し、ありとあらゆる食品にマヨオンするのだという。

「愛斗くんも、そのマヨラーという人種なんですか」

「もちろん。家族には内緒だけどね」

愛斗曰《いわ》く、特にラーメンとの相性は抜群なのだという。醬油味、味噌味、塩味、とんこつ味からシーフード味まで、どんな種類のラーメンでもたちまち美味しくしてしまう魔法の調味料なのだという。

「まさか光彦くん、マヨネーズも禁止されてるとか？」

「特に禁止はされていませんが……」

藤堂寺家では専属の料理人が日々ベストな状態で料理を出してくれるので、自ら調味料を手にする必要がなかった。しかし口には出さないが「もうちょっとマヨネーズがたくさんかかっていてもいいのに」と思ったことは一度や二度ではなかった。

ふと、崇臣はどうなのだろうと考える。愛斗から情報を得ようして、すぐに思い留まった。同棲している恋人の食の嗜好を知らないのかと、不審がられるかもしれない。

冷蔵庫の中にマヨネーズの姿はなかったから、崇臣はマヨラーではなさそうだけれど、愛斗の兄なのだから味の好みが似通っている可能性は高い。

カップ麺にマヨネーズを入れたら、崇臣は「美味しいな」と笑ってくれるだろうか。

『やっぱりマヨネーズをかけると美味いな』

幻聴が脳裏にこだまする。

「マヨネーズ、買ってきます」

光彦はすくっと立ち上がった。

「え、今日はいいよ。また今度にしよう」

「でもお腹が空いたんですよね」

「カップ麺食べるほどじゃないよ。飲み物だけでいいや」

「……そうですか」

光彦はちょっぴりがっかりしながらグラスをふたつ取り出し、オレンジジュースを注いだ。

「ね、光彦くん、写真撮らない？」

「写真ですか？」

「問三撃破記念」

光彦にはそういった習慣はないが、周りの友人たちも愛斗同様、些細《ささい》なことも写真に収めて記念に残そうとする。光彦は満面の笑みの愛斗と頰を寄せ「問三撃破記念」のフレームに収まった。

「ねえ、ずっと訊きたかったんだけどさ、光彦くんと崇兄ぃ、どっちから告ったの？」

「っ！」

危うくオレンジジュースを噴き出すところだった。

「ど、どうしたんですか藪《やぶ》から棒に」

「だって気になるっしょ。あの論破大王の崇兄ぃが、一体どんな顔で恋人に愛を囁いてるのかさ。『愛してるよ光彦』なぁんて言ったりする？」

愛してるよ光彦が崇臣の声で再生され、ボッと頰が火照る。

「い、言われたことありません」

「え、ないの？　一度も」

光彦は耳まで赤くして「ないです」と俯いた。

「なぁんだ、やっぱり崇兄ぃは崇兄ぃだったか」

「……え」

「愛してるとか言葉にしなくても、態度でわかれ。悟れ。一を聞いて十を知れ。みたいな感じでしょ？」

態度で示されたことすらないのだが、設定上「そうですね」と答えるしかなかった。

「だと思った。ま、プロフィールだけ見たら超優良株だからね。背も高いし、顔だっておれほどじゃないけど悪くないし？　おれが女子だったらあんな堅物はゴメンだけど、崇兄ぃって実は結構モテる――あっ」

表情を硬くした光彦に気づいた愛斗が、しまった、というように口に手を当てた。

「ごめん、光彦くん」

「……いえ」

「心配しないで。相手が一方的に崇兄ぃのこと好きになって、その親がうちの親を通して縁談持ってくる、みたいなことが何回かあっただけだから」

「縁談……ですか」

「でも崇兄ぃ、全部きっぱり断ってるから全然心配しなくていいよ。それに崇兄ぃに恋人がいたのって結構前のことだから。最近は忙しくてずっといなかったはず……多分」

「大丈夫です。まったく気にしていません」

にっこりと微笑む頬が、ぴくぴくと引き攣《つ》る。

崇臣の過去。それは現在の彼とすらちゃんと向き合えていない光彦にとって、悪魔的なオーラを放つフレーズだった。恋愛において、光彦の過去は眩《まぶ》しいばかりに真っ白だ。あっぱれ一点の曇りもない。けれど崇臣は違う。

「崇臣さんがモテるのは当然です。あんなに素敵な人なんですから」

「うわぁ、直球すぎてこっちが照れるわ」

愛斗は身悶《みもだ》えしながら「ご馳走さまでーす」とおどけたが、光彦は真夏の入道雲のようにむくむく湧き上がってくる感情と闘っていた。

崇臣は過去にどんな女性、あるいは男性と交際してきたのだろう。中学生に訊くべきことではないと頭ではわかっているのに、口が勝手に動き出した。

「あの、つかぬことを伺いますが、愛斗くんは崇臣さんの過去の恋人に、何人くらい会ったことがありますか？　男性女性、割合としてはどちらが多かったですか？」

——やめろってば！

もうひとりの自分に後ろから首根っこを摑まれても止まらない。

「年下の方が多かったでしょうか、それとも年上の方が多かったでしょうか。性格や見た目に共通の傾向のようなものはありましたか？　それとご自宅に連れてこられてご家族に紹介された方のパーセンテージは、おおよそどれくらいでしょうか」

「み、光彦くん？」

「告白はやはり崇臣さんからされることが多かったのでしょうか。愛斗くんの知りうる範囲で教えていただけると、嬉しい、の、ですが……」

息継ぎを忘れたせいだろう、くらりと目眩がした。酸欠だ。愛斗は呆気《あっけ》に取られたように固まっていたが、肩で息を整える光彦を見て、ようやくその口を開いた。

「なんか感動した」

「……え」

「光彦くんが崇兄ぃのことどれくらい好きなのか、すごくよくわかったよ。大好きすぎて愛が溢れちゃうんだね」

光彦は「へ？」と首を傾げる、どの質問のどのあたりに愛が溢れていたのだろう。

「好きな人のことなんでも知りたくなるのって、当たり前のことだよね。崇兄ぃ、ああいう性格だから必要なこと以外なんにもしゃべらないんでしょ？」

「えっ、ええ、まあ」

「しょうがないな。おれの知っている範囲でよければ教えるよ。とは言ってもおれが生まれたのって崇兄ぃが高二の時だから、あんまり昔のことは知らないけど」

そう前置きをして、愛斗は崇臣の過去の恋愛エピソードをふたつばかり話してくれた。

愛斗が初めて崇臣の恋人を見たのは、幼稚園の年中の時だった。家の近所を崇臣が女性と手を繋いで歩いているのを見かけた。夜、帰宅した兄に尋ねると『同じゼミの子』と答えた。

『恋人なんでしょ?』と尋ねると『愛斗はおませだな』と笑っていたという。

次は小学一年生の時だった。深夜に窓の外から話し声がしたのでそっと覗いてみると、路上で崇臣と同じ年頃の男性が話をしていた。話の内容まではわからなかったが、去り際に男性が崇臣の頬にキスをしたのを見て、幼心にもふたりの関係を悟ったのだという。

「おれが小二の時に崇兄ぃ、実家を出てこのマンションに引っ越しちゃったから、その後のことはわからない。でも晴兄ぃの情報では、笑っちゃうくらい仕事の虫だってさ」

「そうですか。貴重なお話をありがとうございました」

「どういたしまして。さぁて、問四をやっつけるか」

愛斗がプリントに視線を落とす。光彦はそっとため息をついた。

——やっぱりそうだったんだ。

崇臣の恋愛対象は、女性だけではなかったのだ。うすうすそうではないかと思っていたが、今の話で決定的になった。

酔って無体をされたとうそをついた時、崇臣はひたすら謝罪の言葉を繰り返した。もし崇臣が完全なストレートなら、光彦のうそを「自分が男を抱くなんてありえない」と突っぱねたはずだ。しかし崇臣はそうしなかった。自分が同性相手にそういった行為に及ぶ可能性を否定できないと思ったのだろう。

偽装同棲生活を始めて間もなく二十日になる。早めに帰宅できた日には、バルコニーに出て老探偵対策として偽装イチャイチャタイムを設ける。崇臣は光彦の肩を抱き寄せ、ほんの一瞬頬を寄せることもあるけれど、数分で『こんなもんだろう』と部屋に戻ってしまう。三日前には初デートもしたけれど、その夜に『知り合いを紹介する』と言われてしまった。

光彦は少しでも長くこの同棲生活を続けたいと願っている。けれど崇臣は一日も早く解消したいと思っている。理由は単純だ。迷惑だから。そして。

——僕が、崇臣さんの好みのタイプじゃないから。

崇臣が性的な雰囲気を匂わせたことは、ただの一度もない。探偵にラブラブぶりを見せつけるはずのイチャイチャタイムでさえ、崇臣の触れ方にいやらしさはない。決しておざなりではないのだが、恋人に触れる手つきというよりは、動物に対するそれと似ている。いちいちドギマギしているのは光彦だけで、崇臣の方は猫でも撫でているつもりなのだろう。

それ以外の接触といえば、遊園地で『大丈夫だ。行くぞ』と手を握られた、あの一瞬だけだ。帰宅後もリビングで外すのはネクタイだけ。着替えは必ず自室で行う。だらしない格好で部屋をうろついたりもしないし、風呂上がりに脱衣所から出てくる時も、必ず寝間着代わりのTシャツを身に着けている。

健全だ。健全すぎて笑いたくなる。偽装の関係なのだから当然のことだ。しかも崇臣は自分が過ちを犯したと思っている。二度と同じ轍《てつ》は踏むまいと心に固く誓っているのだろう。

わかっている。頭ではわかっていても、時々不意に切なくなる。自分になんの魅力もないことなど最初からわかっていることだ。家族の中でさえ存在感ゼロで、挙句の果てに実の父親から、婿養子という名目で追い出されそうになるくらいなのだから。

誰かに強烈に必要とされたいと愛斗は言った。あの時光彦は、愛斗が自分の願いを代弁してくれたように感じた。

お前以外の誰でもダメなんだ。お前の代わりはいない。

そう言ってくれる人は、果たして死ぬまでに現れるのだろうか。

「解けた！　問四は楽勝だった」

愛斗が拳を突き上げたところで、呼び鈴が鳴った。「誰だろう」と首を傾げながらインターホンに駆け寄った愛斗が、モニターを見るなり「崇兄ぃだ！」と叫んだ。その嬉しそうな声に、光彦の心臓がぴょんと跳ねる。

――なんでこんな時間に……？

ざわざわと騒ぎ出した心臓を宥《なだ》めている間に、崇臣は部屋に上がってきてしまった。

「どうしたの崇兄ぃ。会社早退してきたの？」

「いや、急に入り用になった資料を取りに寄っただけだ。一時間後に迎えが来る」

「もしかしておれと光彦くんがふたりきりだから、焼きもち妬《や》いて様子見に来たとか？」

「喉が渇いた。愛斗、水をくれないか」

「イエッサー。オレンジジュースがあるけど？」

「水でいい」

思いがけず兄の顔を見られて嬉しいのだろう、愛斗は金魚のフンのように崇臣の後をついて回っている。

「愛斗の相手をさせてすまないな。邪魔な時は追い返していいんだからな」

愛斗がキッチンに向かうと、崇臣がこちらを振り返った。

「邪魔だなんて。愛斗くんが来てくれるの、僕も楽しみにしているんです」

「そうか。ありがとう」

崇臣がふんわりと微笑む。久しぶりに見せてくれた自然な笑顔に、光彦の胸はきゅんと高鳴った。愛斗がいるおかげで、このところふたりの間に漂っていたぎくしゃくした雰囲気がかなり緩和されている気がする。

「そういえば言いそびれていたんだけど、この間のデートのことを、なぜだか晴臣が知っていたな」

「え……」

ドクン。心臓がこれまでとは別のステップを踏んだ。

「ど、どうしてでしょう」

「崇兄ぃ、まさかおれが喋《しゃべ》ったって思ってるの？」

崇臣が答えるより早く、キッチンから愛斗が不安げな顔を覗かせた。崇臣はそんな弟に笑顔で首を振ってみせた。

「いやまったく。お前は約束を違《たが》えるような人間じゃない。疑うくらいなら最初から光彦との関係を打ち明けたりしないさ」

淡々とした口調だったが、崇臣の言葉は愛斗の頬を一瞬で紅潮させた。兄からの信頼を再確信したのだろう、愛斗はみるみるうちに破顔した。

「崇兄ぃ、冷蔵庫のミネラルウォーター切れてたよ」

「水道水でいい」

「水道水って温《ぬる》いしマズいよね。おれ、買ってくる！」

愛斗はバタバタと慌ただしく玄関を飛び出していった。

「まったく、水道水でいいと言っているのに」

崇臣が苦笑する。

「崇臣さんに信頼されているとわかって、嬉しくて仕方がないんでしょうね」

「困ったやつだ」

「愛斗くん、本当に可愛いですね」

「可愛いって……きみがそれを言うか」

「え？」

どういう意味だろうと見上げると、崇臣は失言でもしたかのように「いや、なんでもない」

と横を向いてしまった。

——変な崇臣さん。

首を傾げていると、またインターホンが鳴った。

「愛斗のやつ、ずいぶん早いな」

不審そうにモニターを覗き込んだ崇臣が「あっ」と小さな声を上げた。

「どうしたんですか?」

光彦の問いかけに、崇臣はゆっくりと振り返り「真知子さんだ」と低い声で言った。

「光彦《みつひこ》さん、崇臣《たかおみ》さん。あなたたち、本当の恋人同士ではありませんね?」

突然の訪問を詫《わ》びてソファーに腰を下ろすや否や、真知子《まちこ》はど真ん中に剛速球を投げ込んできた。息を呑《の》んで固まる光彦の横で、崇臣が冷静に口を開いた。

「なぜ、そのように思われるのでしょう」

「これです」

真知子はテーブルの上に数枚の写真を並べた。恐る恐る覗《のぞ》き込むと、それは遊園地の観覧車に乗るふたりの姿だった。思いの外混雑していて気づかなかったが、やはり老探偵は遊園地内に潜入していたらしい。

「観覧車のような密室では普通、カップルは隣り合って座るものです。これは鉄則中の鉄則です。ラブラブ度が高いカップルなどはゴンドラがまだ地上から近い位置にあるにもかかわらずフライングでキスなどを交わし、並んでいる他の客たちを赤面させたりするものです」

そんな鉄則があると知っていたら横に並んで座ったのに。光彦は今さらながら歯噛《はが》みする。

「顔を見て話がしたかったので、わざと向かい合わせに座ったんです。それに私たちのラブラブ度がいかに高いか、探偵さんがよくご存じなのでは？」

「バルコニーでのイチャイチャですか。写真は何枚かいただきましたが、あんなもので私が騙《だま》されるとお思いで？」

「と、おっしゃいますと？」

「イチャイチャならお部屋ですればいいではありませんか。わざわざバルコニーに出てすることではありません。あれは私が雇った調査会社への対策でしょう。その証拠に崇臣さん、あなたが光彦さんに頬を寄せている時の表情には、エロスの欠片《かけら》も感じられませんでした。あれは恋人と言うより、犬や猫に対して示す愛情表現です」

核心を突かれ、崇臣が押し黙る。

——お祖母《ばあ》さまの目にも、やっぱり僕たちはそんなふうに映っていたんだ……。

光彦はひっそりと落胆する。真知子は光彦が淹《い》れたお茶をひと口飲むと、俯《うつむ》けていた視線をゆっくりと上げた。

「ではこれでどうでしょう」

崇臣はスマホを取り出し、数枚の写真を真知子に見せた。デートの日、『念のために写真くらい残しておいた方がいいだろう』という崇臣の提案で撮った写真だ。崇臣の自撮りなのでどのショットもかなり密着しているが、真知子は興味なさそうに首を振った。

「同じです。『念のために写真くらい残しておいた方がいいだろう』といった雰囲気がムンムンします」

真知子のあまりの鋭さに、崇臣も光彦もぐっと黙り込むしかなかった。

「第一あなたたちからはオーラを感じません」

「オーラ？」

「愛し合う恋人同士というのは、その愛の深さゆえに独特のオーラを醸し出すものです。メラメラと燃え滾《たぎ》る愛の熱量と言ってもいいでしょう」

「メラメラ、ですか」

「愛の迸《ほとばし》りです。けれどあなたたちからは、まったくと言っていいほどそれを感じません」

「お言葉を返すようですが真知子さん、世の中、所かまわずメラメラ燃え滾ったり、四六時中愛を迸らせるカップルばかりではないのではありませんか？」

「迸らせるのではありません。迸ってしまうのです。愛が溢れ返ってしまうのですよ。本人たちの意思とは別に、それはもう隠しようのないものなのです」

崇臣は必死に応戦するが、真知子は聞く耳を持たない。

「こうして歳《とし》は取りましたが、恋愛における眼力にはまだまだ自信があります。あなたたちの関係はインチキです。私の目に狂いはありません」

「しかし」

「崇臣さん、もういいです」

反論を試みる崇臣を、光彦は制した。そろそろ限界かもしれない。

予想より少し早く修羅場がやってきてしまったようだ。真っ直《す》ぐな性分の真知子は、うそやごまかしを何よりも嫌う。崇臣との関係が偽装だとバレれば、もう光彦の味方はしてくれないだろう。真知子が父の側についてしまえば、光彦に勝ち目はない。

——今度こそ万事休す……か。

さすがにこれ以上崇臣に迷惑をかけるわけにはいかない。正直に本当のことを話そう。そう決意した時だ。

「ただいまぁ～」

リビングのドアが開き、コンビニエンスストアのレジ袋を提げた愛斗《まなと》が入ってきた。

「慌てて出てったからエコバッグ忘れちゃって、五本しか買えなかった。ごめんね、崇兄ぃ」

てへ、と笑いながら、愛斗は真知子に「あ、こんにちは」と挨拶をした。

「初めまして。おれ、菱田《ひしだ》崇臣の弟で愛斗といいます」

ぺこりと頭を下げる愛斗の礼儀正しさに、真知子は「あらまあ」と眦《まなじり》を下げる。

「光彦の祖母で真知子と申します。下の方の弟さんですね？」

「はい。来年は受験生なので、光彦くんに勉強を見てもらっています」

「あらあら、そうでしたか」

「あの、ごめんなさい、立ち聞きするつもりはなかったんですけど、今の三人の話が聞こえちゃって」

愛斗はソファーに座る大人たちにちらちらと視線を飛ばしながら、おもむろにポケットからスマホを取り出した。

「真知子さんは、兄と光彦くんの関係を疑っていらっしゃるんですか？」

中学生相手にどう答えたものかと逡巡《しゅんじゅん》する真知子に代わり「みたいです」と光彦が答えた。

「弟のおれが言うのもアレですけど、真知子さん、ふたりはラブラブですよ」

「お言葉を返しますが愛斗さん、私の調査ではふたりのラブラブは偽物です」

「調査って、何をどう調査したのか知りませんけど」

愛斗は困惑した表情を浮かべながら、崇臣の方を向き直った。

「ねえ崇兄ぃ、あれ、見せちゃってもいい？」

「あれ？」

「ほら、写真。ふたりのラブラブの。この間おれが撮ったやつ」

崇臣とふたりで写真を撮ってもらった覚えはない。

——もしかして何かの作戦……？

崇臣も、弟が何かしらの策に出たのだと瞬時に理解したのだろう、「ああ、構わない」と小さく頷《うなず》いてみせた。

「疑いを晴らすには、それしかないだろう」

崇臣が言い終わるや、愛斗は手にしたスマホの画面をスワイプし、「どうぞ見てやってください」と真知子の前に差し出した。覗き込んだ真知子は一瞬息を止め、「あらやだ」と頬を染めて画面から目をそらした。

一体どんな写真なのだろう。おそるおそる画面を覗いた光彦は、そこに映し出されていたものに思わず「ぎゃっ」と声を上げそうになった。

写っていたのは紛れもない、崇臣と光彦だった。あろうことか寄り添ってベッドに横たわっている。ふたりとも胸のあたりまで布団を掛けているが、少なくとも上半身は裸だとわかる。照れたように微笑《ほほえ》む光彦の肩を、崇臣が逞《たくま》しい腕で抱き寄せている。

光彦の顔は間違いない、さっき撮ったばかりの「問三撃破記念」のものだ。

——愛斗くん、いつの間にこんな加工を……。

写真に漂うしっとりと濃密な空気感は、見る者を赤面させるのに十分だった。

——これってどう見ても……。

睦《むつ》み合った直後にしか見えない。

「これは、その、愛斗さんが撮られたのですか？」

「もちろんです。休みの日にちょっと寄ってみたら、昼間からベッドインしてて」

愛斗は大仰にため息をついてみせる。

「ふたりして超のつく恥ずかしがり屋だから、人前では絶対にイチャイチャしないんですけど、ふたりきりになった途端に箍《たが》が外れるっていうか。トイレも一緒に行きそうなくらいベッタベタの状態になります」

「ベッタベタ……」

「はい。まあ、ふたりが幸せなのは喜ばしいことなんですけどね。いい大人なんだからもうちょっと節操？　的なものあってもいいと思うわけですよ。中学生の弟の前なのに、遠慮の欠片もなくまあイチャコライチャコラ。はいはい、ご馳走《ちそう》さまって感じです」

「……そうでしたか」

最初の勢いはどこへやら、真知子は声のトーンを落として項垂《うなだ》れた。しかしまだどこか釈然としないのだろう、「私の誤解だったようですね」とは言わない。

——もうひと押しなんだけど……。

何かいい手はないかと思案していると、傍らの崇臣がゆっくりと顔を上げた。

「本当はこんなこと、暴露したくはなかったのですが」

「なんでしょう」

「光彦の……その、左の尻たぶには……小さな楕円形の痣《あざ》がありますよね」

躊躇《ためら》いがちに繰り出されたその台詞《せりふ》に、光彦はハッと目を見開いた。

――グッ……グッジョブです、崇臣さん！

あの日観覧車の中で手にしたジョーカーを、崇臣はここで切ってきたのだ。なんという絶妙のタイミング。仕事のできる男はやっぱり違うなあと、場違いな感動が光彦の胸を熱くした。

これ以上ないラブラブの証拠を突きつけられ、さすがの真知子も信じざるを得なかったのだろう、最後はあらぬ疑いを抱いたことを丁重に詫びた。

「昌彦《まさひこ》さんのカンカン具合も、ここ数日いくらか落ち着いてきたようです。ほどなくまともに話し合いができるでしょう。昌彦さんがなんと言おうと、私はあなた方の味方ですからね。もしわけのわからない理由で反対しようものなら、どやしつけてやります。菱田さん、光彦さんのこと、末永くよろしくお願いしますね」

そう言って崇臣の手を握る真知子の姿から、光彦はそっと目をそらした。

――末永く……か。

元より真知子はふたりの関係に好意的だった。調査会社に依頼をしたのも愛する孫の幸せを願うあまりのことであって、決して崇臣との仲を裂くためではない。

――ごめんなさい、お祖母さま。

この関係が偽装だと知って、一番がっかりするのは真知子かもしれない。自分がしていることの罪深さをあらためて突きつけられた気がして、胸の奥が鈍く痛んだ。

ほどなくどこかホッとした様子で真知子は帰っていった。三人になるのを待って、光彦は愛斗に礼を告げた。

「ありがとうございました、愛斗くん。本当に助かりました」

「ゲイサイトから適当に写真拾って、崇兄ぃと光彦くんの顔写真貼りつけただけだから、バレるんじゃないかってひやひやしたけど、真知子さんチラッとしか見なかったから助かった。まあそこらへんも織り込み済みだったんだけどさ」

即席のコラ画像で兄の窮地を救ったことに、愛斗は大いに満足している様子だった。

「ありがとう。助かったよ」

頭を撫《な》でようと伸ばした崇臣の手を「子供じゃないんだからそういうのやめて」と薙《な》ぎ払いながらも、愛斗の口元は嬉しそうに緩んでいた。

「そんな余計なスキルをどこで身につけたんだって質問は、ナシにしてね。ところで崇兄ぃ」

愛斗は不意に真顔になり、崇臣の方を向き直った。

「本気で感謝しているんなら、ちゃんと本当のこと話してほしいんだけど」

「本当のこと？」

「光彦くんとの関係」

テーブルのお茶を下げようとしていた光彦は、ビクンとその手を止めた。

「真知子さんの肩を持つわけじゃないんだけど、実はおれもちょっと同じこと感じてたんだよね。ふたりを見てると、なんだかお互いに気を遣い合っているっていうか、遠慮しているっていうか。同棲しているラブラブの恋人同士って感じには見えない」

中学生の愛斗に目にも、自分たちの関係は不自然なものに映っていたらしい。愕然《がくぜん》とする光彦の傍らで、崇臣がふうっとひとつため息をついた。

「今は一緒に住んでいないから、崇兄ぃの最近の生活とかよく知らないけど、晴兄ぃは『兄貴の脳内は九十九パーセントが仕事』って言ってる。だから突然『恋人と同棲している』って聞いた時、正直本当なのかなって……ごめん、疑っちゃった」

弟の告白を、崇臣は小さく頷きながら聞いていた。

「そうだよな。お前がそう思うのも無理はない」

「じゃあやっぱり」

崇臣は俯けていた顔をゆっくりと上げ、光彦をじっと見つめた。

本当のことを話してもいいよなと瞳で問われ、光彦は静かに頷いた。

「俺たちは恋人同士じゃない。この同棲は、偽装なんだ」

およそ二十日前、光彦が婿養子の話を巡って父親と大喧嘩《げんか》になり家出をしたこと、パーティー会場で出会った崇臣に助けを求めてきたこと。崇臣は順を追って経緯を話した。

「そういうことだったんだね」

すべてを聞き終えた愛斗は、視線を落としたまま呟《つぶや》いた。

「うそをついてすまなかった」

「ごめんなさい、愛斗くん」

謝罪の言葉を口にするふたりに、愛斗はふるんと頭を振る。

「いいんだ。事情がわかって納得した。それよりおれ、崇兄ぃのことちょっと見直した」

愛斗はそう言って、にっこり微笑んだ。

「崇兄ぃ、友達でも知り合いでもない光彦くんの窮地を知って、恋人役を買って出たんでしょ？　それって誰にでもできることじゃないよ。すごく格好いいことだよね。光彦くんもそう思うでしょ？」

「あっ……」

光彦と崇臣はどちらからともなく顔を見合わせる。

今回の経緯を、崇臣は愛斗に包み隠さず打ち明けた。しかしただ一点、パーティーの夜にベッドルームで起きた（ことになっている）アクシデントについては触れなかった。保身のためではなく、愛斗がまだ中学生だということを考慮したのだろう。

一瞬ふたりの間に流れた気まずい空気を愛斗に悟られないように、光彦は笑顔で「はい。本当にありがたいことだと思っています」と答えた。

「本当のことを話してくれて嬉《うれ》しかったけど、やっぱりちょっと寂しいな。おれ的にはふたり、結構お似合いだと思うんだけど」

「そ、そうでしょうか」

「うん。光彦くんが崇兄ぃの本当の恋人だったらいいのにって、今この瞬間も思ってるよ」

「愛斗くん……ありがとうございます」

思いがけない言葉に、嬉しくて目頭が熱くなる。愛斗の気持ちに応えられない自分が、ただただ悲しかった。

ほどなく愛斗は塾へ向かい、崇臣も迎えの車で会社へと戻っていった。ひとり残された光彦は、本を読む気も食事をする気も起きず、ソファーに背中を預けたまま気づけば深夜になっていた。

崇臣はまだ帰らない。光彦は軽くシャワーを浴び、早々に宛《あて》がわれたゲストルームに入った。偽装同棲を始めてからというもの、時に落ち込むこともあったけれど、これほどまでに重苦しい気持ちになったのは初めてだった。

はあっと長く嘆息し、ベッドに横たわった。ひどい気分だった。胸に渦巻いているのは激しい後悔だ。母親代わりの真知子にうそをつき、挙句中学生の愛斗にまでその片棒を担がせてしまった。

——何より僕は崇臣さんを騙している。ずっと。

崇臣の男らしい声や温かい手の感触を思い出すたび、胸の奥が膿《う》んだ傷のようにジクジクと痛む。痛みは日増しに強くなり、ここ数日は夜もあまり眠れていない。

自業自得。その言葉が何度も何度も脳裏を巡る。

——僕は……どうすればいいんだ。

光彦は横たえていた身体《からだ》を起こし、傍らのリュックサックを引き寄せる。数枚の着替えを取り出し、一番底に隠すようにしまってあった小さなコンパクトを取り出した。パーティーの夜、偽のキスマークをつけるために使ったアイシャドウだ。

——すべてはここから始まったんだ。

小さなコンパクトが、手にずっしりと重い。ブランド名のロゴの入った蓋《ふた》を開けると、六つに仕切られたスペースに、それぞれブラウンを基調とした六色が並んでいる。本来はアイメイクに使用するそれを、光彦はあの日、自分の身体にキスマークを描くために使った。

そんなことをして本当にいいのだろうかとひと晩中逡巡したけれど、最終的に「実行する」と決断したのは光彦自身だ。父に対する怒りと婿養子に行きたくないという気持ちが、罪悪感を凌駕《りょうが》した。その結果を今、目の前に突きつけられているのだ。

すべてを打ち明けたら、崇臣は間違いなく憤るだろう。激昂《げきこう》するかもしれない。法的手段に訴えられてもおかしくないことを、自分は崇臣にしてしまったのだ。

「嫌われたくない……」

思わず唇から零《こぼ》れた台詞の身勝手さに、乾いた嗤《わら》いが浮かんだ。この期に及んで何を言っているのか。卑劣な嘘で自分を騙した相手を憎まない人間など、どこにもいない。

——どうにもならないよ、もう。

自ら招いた絶望に頭を抱えた時だ。

「光彦、起きているか」

ドアの向こうから突然かけられた声に、光彦はぎょっと身を固めた。

「は、はい、起きています」

「開けてもいいか」

「どっ、どうぞ——うわっ」

焦りのあまり、手にしていたコンパクトを床に落としてしまった。慌てて拾い上げたのと同時に、部屋のドアが開いて崇臣が入ってきた。

——見られたかな……。

なぜそんなものを持っているのかと問われたら、今の光彦にはまともな言い訳はできないだろう。ドクドクドクと心臓が鳴る。しかし崇臣は、さりげなくそれを布団の下に忍ばせる光彦の手元をちらりと一瞥《いちべつ》しただけ、何も尋ねてはこなかった。

「お帰りになっていたんですね。気がつかなくてすみません」

「いや、さすがにもう眠っているかと思ったから、音を立てずに入ってきたんだ」

ドアの隙間から明かりが漏れていたので、起きていたのかと思い声を掛けたのだという。

「悪いな、こんな夜中に。この間の話なんだけど」

この間の話。そのフレーズに、落ち着きかけていた心臓がふたたびドクンと跳ねる。間違いない、「知り合いを紹介する」というあの話だ。

「俺なりにあれからいろいろ考えたんだけど――」

「すみません」

光彦はベッドサイドに立つ崇臣にくるりと背を向けた。

「今日はちょっと疲れてしまったので、明日にしていただけますか」

「…………」

「ごめんなさい」

「いや……いいんだ。こっちこそ夜遅くにすまない」

光彦は布団に視線を落としたままふるふると頭を振った。悪いのは自分だ。崇臣は何も悪くないのに。

「光彦」

「……はい」

「この間はごめん。あれは俺が悪かった」

何の話だろう。光彦はわずかに視線を上げる。

「お父さんに性指向を打ち明けた方がいいなんて、偉そうに言って」

『うそはいつか必ずバレる。お父さんにきみの性指向を正直に打ち明けて「だから婿養子には行けない」とはっきり断った方がいいんじゃないかな。その方がずっと建設的――』

あの発言のことを謝っているのだろう。

「謝らないでください。崇臣さんのおっしゃる通りですから」

「正しい正しくないの話じゃない。きみの家族の問題に、それも性指向というデリケートな問題に、部外者が口を挟むのは論外だ。ごめん」

部外者という言葉がぐっさりと胸に突き刺さる。光彦は項垂れたまま小さく唇を噛んだ。

「簡単に解決できる問題じゃないことはわかっている。ただ俺は、光彦の苦しみを少しでもわかってやりたかったんだ。……なんて言ってもただの言い訳にしかならないけど」

紡ぎ出される言葉のひとつひとつに、自分に対する真摯《しんし》な気持ちが込められているのがわかって、思わず涙が溢れそうになる。

「ただこれだけはわかっていてほしい。俺は確かに部外者だけど、縁あってこうしてきみと知り合ったんだ。そして恋人役を演じると約束した。きみの口から『クビにする』という言葉が出るまで、俺はきみの恋人だ」

――崇臣さん……。

「どんなことがあっても、俺は最後まできみの味方だ」

ふわりと頭に崇臣の手のひらが舞い降り、頭頂部をポンポンと優しく二度叩《たた》いた。

「だから安心してゆっくり休め。わかったな？」

光彦は唇を噛んだまま、小さく頷いた。

「おやすみ、光彦」

「……なさい」

「また明日な」

「……はい」

振り返らなかったのは、拗《す》ねていたからではない。ポンポンの弾みで頬に零れ落ちてしまった涙を、崇臣に見られたくなかったからだ。

――崇臣さん……。

パタンと静かにドアが閉められる音がする。光彦はたまらず枕に顔を埋《うず》め嗚咽《おえつ》した。

「……くっ……」

大きな手のひら。優しい手のひら。パーティーの夜のように、またどこかへ自分を誘ってほしい。けれどそんな日が来ないことは光彦が一番よくわかっていた。

ホテルの中庭で抱きしめられた時の、胸の高鳴りが蘇《よみがえ》る。あれからまだ二十日も経っていないのに、ひどく昔のことのように感じてしまう。

演技ではなく、罪悪感からでもなく、もう一度抱きしめてほしい。

――好きです、崇臣さん。

涙と一緒に溢れたのは、隠しようもないほどに膨れ上がった崇臣への恋心だった。

アリスの庭で出会った瞬間、それはすでに芽生えていたのかもしれない。小さな芽は日ごとにすくすく育ち、気づけば胸に抱えられないほどの大きさになっていた。

この同棲は偽装なのだ、かりそめの関係なのだと、何度自分に言い聞かせてもダメだった。どんなに強く目を閉じても、崇臣の優しい笑顔が浮かんでしまう。耳を塞《ふさ》いでも、『光彦』と呼ぶ低く滑らかな声が鼓膜を擽《くすぐ》ってやまない。

シャワールームの扉を閉める音がした。崇臣はこれからシャワーを浴びるのだろう。こんなに気分が落ち込んでいるというのに、無駄に逞しい想像力がそのシルエットを脳裏に映し出してしまう。

「崇臣さん……」

涙声で愛《いと》しい名を小さく呟いた途端、身体の奥にイケナイ火が灯《とも》ってしまった。そういえばこの部屋に来てからというもの、一度も自慰をしていなかったことに思い至る。

光彦は元々性欲の薄い性質で、自慰に関して言えばほんの時折必要に迫られて仕方なく触る程度だ。今夜のように、突然突き上げてくるような激しい熱を感じたのは初めてだった。

「崇臣さん……好きです」

シャワーの粒に濡《ぬ》れた逞しい腕に抱かれる自分を、リアルに描いた。矢も楯《たて》もたまらず部屋着のズボンと下着を一緒に脱ぎ捨てる。驚いたことにほっそりとした中心は、すでに下腹につくほどまで硬く勃《た》ち上がっていた。

「崇臣さん……崇臣さっ……ん……あぁ」

長く男らしい指に、そこを弄《いじ》られる様を思い浮かべる。

「崇臣さん……そこ……あぁ……んっ」

戸惑う間もなく頂が近づいてくる。光彦は呼吸を乱しながら、溢れた体液に濡れた幹を激しく擦《こす》りたてた。

騙したりしなければよかった。うそなんかつかなければよかった。けどそうしなければ崇臣とこうして一緒に暮らすこともなかったのだ。

巡る思いを、溢れる涙を、強烈な欲望が追い越していく。

「崇臣さっ……あっ、あぁっ、くっ」

淫猥《いんわい》に濡れた中心を握ったまま身体を硬直させ、光彦は果てた。

ドクドクと、吐精はいつになく長く続き光彦を戸惑わせた。自分の中にこれほどまでに激しい欲望が潜んでいたなんて。崇臣と出会わなければ死ぬまで気づかなかったかもしれない。

——どうせかりそめの恋ならいっそ……。

気持ちなどなくていい。この淫靡《いんび》な欲望を満たしてほしい。一度でいい、ほんのひと時でいいから。

湧き上がってきた身も蓋もない思いに、光彦は愕然とする。

――何を考えているんだ、僕は。

濡れた頬を拭《ぬぐ》うことも忘れ、光彦はしばらくの間半裸のままベッドに座り込んでいた。


「たまには外に昼飯でも食いに行かないか」

崇臣に誘われたのは、真知子の訪問から三日後の土曜のことだった。この週末は珍しく丸丸二日休みが取れたのだという。連日の激務の疲れが溜《た》まっているのだろう、昼近くに起きてきた崇臣は、時折欠伸《あくび》をしながら身支度を整えている。

「大通りの向こうに先月できたレストラン、一度だけ行ったことがあるんだけど結構美味《うま》かった。イタリアンなんだけど、どうだ？」

光彦はコーヒーを淹れていた手を止め「すみません」と崇臣の方に向き直った。

「今日はちょっと、用事が」

「用事？」

「大学に……提出物をひとつ忘れていて」

ああ、またうそをついてしまった。苦いものが胸に満ちていく。

「時間かかりそうなのか」

「その後、久しぶりに友達と約束をしてしまって……」

ひとつつけばふたつ、ふたつつけば三つ。うそを上塗りするために、新たなうそが必要になっていく。うそつきは泥棒の始まりと言うけれど、自分の重ねたうそはもはや犯罪レベルなのではないかと思う。

「そうか。それじゃ仕方がないな。晩飯までには帰れそうか？」

「……はい、多分」

「雪が降り出しそうだから、温かい格好で行けよ」

「……ありがとうございます」

上手《うま》く笑顔を作れていただろうか。光彦は心の中で何度も「ごめんなさい」と繰り返す。なんの疑いも抱かず優しい言葉をかけてくれる崇臣を正視することができなくて、光彦はそそくさと支度を済ませると、逃げるようにマンションを後にした。

向かった先は菱田自動車本社ビルにほど近い場所にあるカフェだ。店に入る直前、光彦は数十メートル先に聳《そび》え立つビルを見上げた。従業員数三十五万人の巨大企業。崇臣はそんな日本を代表する企業の役員であり、次期社長なのだ。

——そんなすごい人が、僕なんかを相手にするわけないよな……。

今さらのように、この恋の行方が断崖であることを思い知らされた気がした。

光彦は小さく嘆息し、カフェの扉を押す。その店を待ち合わせ場所にしてきた人物は、すでにテーブルに着きコーヒーカップを傾けていた。

「お待たせしました、晴臣《はるおみ》さん」

「ううん。俺も今来たとこ。それにまだ待ち合わせ時間になっていないよ」

にっこりと微笑む待ち人――晴臣は、兄の崇臣とは纏《まと》っている雰囲気がまるで違う。崇臣を真っ直ぐな竹に喩《たと》えるとすれば、晴臣は風の吹くまま気の向くまま、自在に揺れる柳だ。崇臣が晴臣の名前を口にすることはほとんどないが、愛斗の話によればふたりは性格も人生観も纏った雰囲気と同様に真逆らしい。

とはいえ兄弟仲が悪いわけでは決してない。

――本当に仲が悪かったら、晴臣さんは僕にあんなことを言わない。


『あららら、兄貴がこんなになっちゃうなんて珍しいこともあるもんだね』

それはパーティーの夜のことだった。晴臣がバーにやってきたのは、崇臣が酔いつぶれて一時間ほど経《た》った頃だった。まさか寝入ってしまうとは思いもせず途方に暮れていると、店のマスターが晴臣に連絡を入れてくれた。晴臣もまた、そのバーの常連だったのだ。

『こんな兄貴、初めて見た。動いてるハシビロコウくらいのレアさだわ』

『すみません。僕のせいです』

『きみ、見かけによらずお酒強いんだねえ』

『ちょっとペースが速すぎたみたいで』

『きみが謝ることないよ。子供じゃないんだから、自分のペースくらいわかってるはずなのに、まったくどうしちゃったんだろうねえ』

晴臣はやれやれと肩を竦《すく》める。光彦は崇臣に話したのと同じことを、晴臣にも正直に打ち明けた。

『なるほど、そういう経緯があったわけね。兄貴がきみとふたりでパーティー会場を脱走したのは知ってたけど』

『見ていたんですか』

『うん。この人パーティーの類が苦手だから、いつもホントつまんなそうにしてるんだよね。欠伸嚙み殺したりしてさ。それがどういうわけだか知らないけど若くて可愛《かわい》い男の子を連れてタクシーに飛び乗ったじゃあ～りませんか。驚いたのなんのって。兄貴のくせになかなかやるじゃないって思ってたのに……これはさすがに残念すぎる』

晴臣はテーブルに突っ伏した崇臣の後頭部を見つめ、ククッと笑った。

『この人はね、昔から羽目を外せないんだよ。そういう暗示を自分にかけているから』

『暗示……ですか』

『そ。俺は長男だから、次期社長だから、父の期待に応え、なおかつ弟たちや従業員たちの見本となり、手本とならねばならぬ——的な。無意識に朝から晩まで頭ン中でそんな呪文を唱えちゃってるんだよね。で、それに雁字搦《がんじがら》めにされている、と』

『とても肩が凝りそうですね』

『見ているこっちはね。でも本人は生まれた時からずっとだから、逆に慣れちゃってるんじゃないかな。雁字搦めが当たり前になっちゃって。建前が強大すぎて、本能ってものの存在を忘れちゃってる気がするんだ』

『なんだか気の毒になってきました』

『当然死ぬまで忘れ続けるなんて無理なんだよ。どこかでバランスが崩れる時が来るだろうなと思っていたけど、それが今夜だったんだろうね』

どういう意味だろう。光彦は小首を傾《かし》げた。

『きみをパーティー会場から連れ出して、一番お気に入りのバーに連れてきたのは、兄貴の無意識の願望なんじゃないのかって、俺は思ってる。長年封印し続けてきた本能の蓋が、今夜ついに開いたんだ』

『本能の蓋……』

晴臣は『そ』と大きく頷き、光彦の肩にポンと手を載せた。

『光彦くん、きみ、何がなんでも婿養子には行きたくないでしょ？』

突然自分の話になり、光彦は『え？　あ、はい』と目を瞬《またた》かせる。

『でもって兄貴に恋人役を引き受けてもらえたらいいのにと思っている、と』

『すみません。都合のいい願望です。聞かなかったことにしてください』

いくらなんでも身勝手な話だと縮こまる光彦に、晴臣は『いや』と首を横に振った。

『俺に考えがあるんだ。光彦くんの願望を叶《かな》えて、ついでに兄貴の本能も解放してやれる素敵な案』

『そんな名案が?』

晴臣は小さく頷き『ついておいで』と光彦の背中を押した。

目を覚ます気配のない崇臣を背負ってマンションまで運び、自室のベッドに寝かせたのは晴臣だった。

『実はここにうってつけのアイテムがあるんだ。今夜、神さまはきみの味方だ』

晴臣はにこっと微笑み、ポケットから小さな箱を取り出した。

『彼女がほしがっていたアイシャドウ。プレゼントするつもりで持ってきたんだけど、渡す前にフラれちゃってさ。だからきみにあげる』

フラれたというのに、晴臣はどこか楽しそうにラッピングを剝《は》ぎ、新品のコンパクトを開けた。

『うん。思った通りちょうどいい具合の茶色だ。光彦くん、手を出してごらん』

まったくもって事態の呑み込めない光彦は、おずおずと右手を差し出した。晴臣は指先にアイシャドウをつけると、光彦の白い手の甲にちょんちょん、とそれを載せた。

『想像以上の出来だ』

『あの、晴臣さん、これは……』

『わからない？　キスマークだよ』

『キ――』

　思わず大きな声が出そうになる。晴臣は『シーッ』と口元に人差し指を立てると、明日の朝崇臣が起きてきたら、身体中につけた偽のキスマークを見せ『酔って無体をされたので、恋人役をしてくれ』と迫れと指南した。

『どう？　我ながら名案だと思うんだけど』

『でも……』

『気乗りがしないって顔だね』

　光彦は『すみません』と頷く。どんな理由があれ、自分の都合で人を騙すなど、許されていいはずがない。

『僕と父の揉《も》め事に、菱田さんを巻き込むわけにはいきません』

『いいじゃない。じゃんじゃん巻き込んじゃいなよ』

『え？』

『だって考えてごらん？　食パン咥《くわ》えて学校へ急いでいたら曲がり角で衝突して、そこから恋が始まるんだよ？　世の中巻き込み事故だらけでしょ』

『それは漫画の世界だけでは』

『現実も似たようなもんだよ。あの人はね、巻き込まれでもしない限り、自分にかけた暗示から抜け出せないんだ』

『でも……』

『ここはひとつ人助けだと思って。ね？　何か困ったことがあったら、俺が助けに来るから』

『……』

迷いに迷った結果、光彦は晴臣の企てを受け入れることにしたのだった。


自由の翼。愛斗がそう口にした時、光彦の脳裏にはあの夜の晴臣との会話が鮮やかに蘇った。自分と崇臣は似ている。呪縛から解き放たれたいと足掻《あが》いているのは自分だけではない。崇臣もまた無意識のうちに自由を渇望しているのだ。

「崇臣さんに洗いざらい打ち明けて、今までのことすべてを謝りたいんです」

注文したコーヒーが運ばれてくるのも待たず、光彦は晴臣に気持ちを打ち明けた。晴臣はコーヒーカップの縁につけた唇に、小さな微笑みを浮かべた。

「きみから『会いたい』って電話が来た時、そういう話なんじゃないかなあとは思っていたけど……今さらだよね」

「崇臣さんは罪悪感から、縁もゆかりもない僕のために恋人役を引き受けてくださいました。真面目《まじめ》で責任感の強い方なので、真実を知らなければおそらく最後まで役を全うしてくださるでしょう」

「それでいいじゃない。何か問題でも？」

光彦は太腿《ふともも》に置いた拳《こぶし》をぎゅっと強く握った。

「限界なんです。僕にはこれ以上うそをつき続けるのは無理です。崇臣さんはあの夜、僕に指一本触れていません。崇臣さんを苦しめている罪悪感は、本来これっぽっちも抱く必要のないものなんです。今さら何を言っているんだと言われても仕方がないとわかっています。晴臣さんにも申し訳ないことをしてしまったと思っています。でも……それでも、もう限界なんです。僕の、崇臣さんに対する罪悪感が」

光彦は「本当にすみません」と項垂れた。

ゆらゆらと湯気を立てたコーヒーが運ばれてくる。店員が去っていくのを待って、晴臣がおもむろに口を開いた。

「罪悪感……か。ま、当然あるだろうね、お互いに。でもそれだけなのかな」

光彦はゆっくりと顔を上げる。

「どういうことでしょう」

「出会ったばかりの人間と、たとえ帰宅後の数時間だけだとしても、一緒に暮らすのって結構大変なことなんじゃないかと思うんだよね。しかも三週間もよ？　少なくとも俺の知っている兄貴は超のつくワーカホリックで、仕事と関係のない案件を抱えることは極力避けるタイプの人間だよ」

「大変ご迷惑をおかけしたと思っています」

「だから、そうじゃなくて」

晴臣はカップをソーサーに戻す。

「互いが相手に抱いている感情が罪悪感だけなら、偽装同棲なんていう茶番、もっと前に破綻《はたん》していてもおかしくないいんじゃないのって言ってるの。光彦くんはこの三週間、兄貴と一緒に暮らしてみてどうだった？　罪悪感に苛《さいな》まれるばかりの苦しくて辛《つら》い毎日だった？」

「それは……」

光彦はふたたびテーブルに視線を落とした。正直に言えば、自分が崇臣についたうそも、事の発端となった父への怒りさえも、時に忘れてしまうほど楽しい日々だった。デートは一度だけだったけれど、夢のような時間は一生忘れられない大切な思い出になった。

崇臣が帰宅するのを待って、ふたりで夜食のカップ麺を啜《すす》る。早めに帰ってこられた日にはバルコニーに出て「今日はわりと暖かいな」「そうですね」などと何気ない会話を交わしながら肩や頬を寄せ合う。真知子の襲来を除けば、取り立てて語るほどの事件もハプニングもなかったけれど、光彦にとってはこの三週間に崇臣と交わしたひと言ひと言が、絡ませた視線の一瞬一瞬が、かけがえのないものになっていた。

ただそんなセンチメンタルな思いを抱いているのが自分だけだということも、嫌というほどわかっている。崇臣の方は正真正銘、百パーセント罪悪感からの行動なのだ。

抱かれたとうそをついて騙し、その罪悪感を利用した。そんな卑劣な人間を好きになる人間などいない。自分は崇臣に憎まれて当然の人間なのだ。そう思うたび、申し訳なさと後悔で胸がかきむしられる。だからせめて一日も早く真実を打ち明け、崇臣は何も悪くなかったのだと知らせたい。

「真実を打ち明ければ、きみは楽になるだろうね。でも兄貴はどうなのかな。今さら全部うそでしたって言われて、ああそうだったんだ、よかったって、ホッとするだろうか」

鋭い指摘に、ズキンと胸の真ん中が痛んだ。

「やっぱりずるいですね、僕」

晴臣は「うーん」と難しい顔で天井を仰いだ。

「ずるいとかずるくないとか以前に、それはきみの本音なのかな」

「……え」

「この際兄貴の気持ちは一旦置いておいて、きみは本当はどうしたいの？　これから兄貴とどうなりたいの？」

「それは……その、大事なことなんでしょうか」

「大事でしょう！　ていうか一番大事なことでしょ」

晴臣は呆《あき》れたように笑い出した。

「第一どうして『最後まで兄貴を騙したまま役を全うしてもらう』と『すべてを打ち明けて兄貴激怒からの役を放棄』の二択なわけ?」

「それは……どういう意味でしょうか」

その二択以外に道があると言うのだろうか。光彦には見当もつかない。

「光彦くんさ、お父さんに意に染まない婿養子の話を押しつけられて、咄嗟《とっさ》に『恋人がいる』ってうそついたんだよね。この話はそこから始まった」

「……はい」

「で、だったらそれを現実にしちゃおうと思って、パーティーでたまたま出会った兄貴に恋人役を頼んだ」

「……そうです」

「これは俺の持論なんだけどね、うそを現実のものにしようと一生懸命に頑張っているうちに、あら不思議、本当に現実になっちゃったよってこと、わりとあると思うんだ。ほら『嘘から出た実《まこと》』って言うじゃない」

「…………」

努力によって「うそ」を「実」にした具体例があるのなら、今ここで示してほしい。そんな都合のいい持論に耳を傾けるほど、光彦は楽天的ではない。

少なくとも自分がついた身勝手極まりない「うそ」が、様々な問題がすべてクリアになり崇臣と本当の恋人同士になれるという明るい「実」に繫《つな》がる可能性は、限りなくゼロに近いだろう。

進むも地獄。戻るも地獄。心の中に絶望感が広がっているのを感じていると、晴臣が「おやおや」と楽しそうな声を上げた。どうかしたのかと訝《いぶか》る光彦に、晴臣は「やっぱり神さまはきみの味方だ」と微笑みながら窓の外に視線をやった。晴臣の視線を追った光彦は、息を止めて腰を浮かせた。

「な……んでっ」

今にも雪が降り出しそうな曇天の下、崇臣がこちらを向いて仁王立ちしている。瞠目《どうもく》したその表情に、光彦は頭を殴られたような衝撃を覚えた。

見られてしまった。咄嗟に過《よぎ》った思いが更なる衝撃を生む。自分は今、崇臣に見られては困ることをしているのだという自覚があるからだ。

迷いのない足取りで、崇臣が店内に入ってくる。「やあ」と悪びれない様子で手を上げる晴臣を無視し、崇臣は光彦を睥睨《へいげい》した。

「ランチの誘いを断られたから、出社して新しい企画書に目を通しておこうかと思ってな」

崇臣は本社ビルへ向かっているところだったのだという。

「暇ができれば即出勤。そういう発想だから万年ワーカホリック――」

「お前は黙っていろ、晴臣」

有無を言わさぬ口調に、晴臣は肩を竦めてハッと短く嘆息した。

「大学に提出物を出した後、友達と待ち合わせをしているんじゃなかったのか」

「…………」

「いつの間に晴臣と友達になったんだ。どういうことなのか説明してくれないか、光彦」

冷ややかな口調に心臓が縮み上がった。それでも意を決し、光彦は顔を上げる。

「僕は……」

本当のことを話さなければ。洗いざらい打ち明けて心から謝罪しなければ。

頭ではわかっているのに、唇が震えて上手く言葉を紡げない。

「俺はきみにとって、言い訳する価値もない相手なのか」

「ち、違っ――」

見上げた先で、真冬の湖のようにシンと冷たい瞳が見下ろしていた。胸の奥に、氷の刃に刺されたような痛みが走る。

「あのさあ、兄貴がそういう上から目線で詰め寄るから、光彦くん怯《おび》えて何も言えなくなるんじゃない。自分の顔見てみなよ。うそを糾す閻魔《えんま》大王みたいだよ？」

「お前は黙ってろと言っただろ」

「いいや、黙らない。いつもいつもそうやって大上段で正論振りかざすから、愛斗だって心閉ざしちゃうんだ」

「今、愛斗は関係ないだろ」

「根本は同じでしょう」

「うるさい」

ふたりとも大声こそ出していないが、一触即発だ。ピリピリとひりつく空気感に、光彦はぎゅっと目を閉じた。

「僕は……うそをついていました。崇臣さんを……騙したんです」

「……騙した？」

「光彦くん、もういいよ。俺から話すから」

晴臣の助け舟に、光彦はふるふると頭を振った。

「僕が話します。全部僕のせいです。僕が悪いんです」

光彦は、晴臣に返そうと持参してきたアイシャドウをバッグから取り出した。

「あの夜、崇臣さんが泥酔して僕に無体を働いたというのは、作り話です」

「作り話？」

頭上で崇臣が息を呑む気配がした。

「キスマークは僕が自分でつけたんです。これで」

小さなコンパクトをじっと見下ろす崇臣の瞳を正視できない。真実を打ち明けようと決意したからこそ、こうして晴臣を呼び出したというのに。あんな大胆な真似《まね》をしておきながら、この期に及んで臆病になる自分の身勝手さに吐き気がした。

崇臣は呆れ、憤り、生涯自分を許すことはないだろう。初恋の相手から向けられるであろう強い憎しみを想像すると、呼吸もできなくなりそうなほど辛い。けれど、それでも打ち明けなくてはならない。自分の仕出かしたことの責任を取らなくてはならない。

「バーで酔って眠ってしまった崇臣さんを部屋まで運んだのは、僕ではありません」

崇臣が寝入ってしまい、途方に暮れたこと。見かねたマスターが晴臣を呼んでくれたこと。やってきた晴臣が崇臣を部屋まで担いで運んだこと。彼に持ち掛けられた計画に迷いながらも乗ってしまったこと――。光彦はすべてを崇臣に打ち明けた。

「そういうことだったのか……」

崇臣は焦点の合わない目で呆然《ぼうぜん》と呟く。

「テストコースで同乗走行体験をしたことを晴臣に話したのも、きみなのか」

「……申し訳ありませんでした」

「つまり、俺の知らないところで定期的に晴臣と連絡を取り合っていたという――」

「それは違います」

思わず大きな声が出てしまった。この三週間、光彦から晴臣に連絡を入れたことは一度もない。けれど今さらそんな言い訳をしたところで焼け石に水だろう。続く言葉を呑み込んだ光彦の代わりに、晴臣が答えた。

「一度だけ、俺が光彦くんに連絡をしたんだよ。上手くやっているか心配になってね。『今日デートをしました』って、それはもう嬉しそうに報告してくれたから『よかったじゃない』って答えた。それだけだよ」

「ずいぶんと庇《かば》うんだな、光彦のこと」

「そりゃそうでしょ。兄貴を騙そうって計画、持ち掛けたのは俺だもん」

悪びれない様子の晴臣に、崇臣がギリッと奥歯を嚙みしめる。

「本当に申し訳ありませんでした。婿養子に行きたくなくて、崇臣さんが恋人役を引き受けてくれればいいのにって……今思えばありえないほど自分勝手な考えでした。謝って済むとは思っていません。どんな罰でも受けます」

光彦はすくっと立ち上がった。土下座をしたくらいで許されることだとは思っていないけれど、そうせずにはいられなかった。

「すみませんでした」

床に膝を突いた光彦に、崇臣がぎょっとしたように目を剝《む》いた。

「おい、何をしているだ」

「本当に……本当に申し訳ありませんでした」

正座をしようとする光彦の右腕を、崇臣が「やめなさい！」と思い切り引き上げた。

「バカなことをするな」

怒りの塊をぶつけるような声に、光彦はビクンと身体を竦ませた。知り合ってから今日まで、崇臣に怒鳴られたことは一度もない。怒鳴るどころか不機嫌な顔をされたことすらなかったのに。

「誰が土下座をしろなんて言った」

抑えてはいても怒気が滲《にじ》んでしまう。そんな口調がたまらなくて、光彦は身を縮めてひたすら「すみません」と繰り返す。

「大きな声出さないでよ、兄貴。他のお客さんに迷惑だよ」

幸い三人の席の周囲に客のいるテーブルはなかったが、崇臣の怒声は遠くの席にいた若いカップルにも届いたらしく、チラチラとこちらを窺っているのが見えた。

「ごめんなさいね。何でもありませんから」

晴臣が満面の笑みを向けると、カップルはようやく安心したように頷いた。崇臣もハッとしたように、彼らに向かって「すみません」と小さく頭を下げた。

——僕が土下座なんかしようとしたから……。

崇臣が見ず知らずの人に頭を下げなくてはならなくなった。

何をしても迷惑をかけてしまう。自分の存在自体が崇臣を追い詰めているのだ。

——消えてしまいたい。

不意に浮かんだ思いが、光彦の背中を強烈に押した。

「……ごめんなさい、失礼します」

光彦はくるりと踵《きびす》を返すと、出入口に向かって駆け出した。

「待て、光彦！」

「兄貴、落ち着きなよ」

「まだ話が終わって――」

「いいから座りなって」

ふたりの会話を背中で聞きながら、光彦は凍《い》てつく空気に覆われた往来に飛び出した。

――崇臣さんを怒らせてしまった。

それだけではない。怒りに満ちた表情の中に、やりきれない悲しみが垣間見えた。実の弟と窮地を救ってやった相手にまんまと騙され、利用されていたのだから当然のことだろう。腹立たしさと呆れと情けなさで今、崇臣は大いに混乱しているに違いない。

――とうとう嫌われちゃった……。

覚悟を決めたはずだったのに、やはりショックは大きかった。

こんな出会い方でなかったら。何度そう思ったかわからない。しかしそのたび同じ答えに行きつく。晴臣の計画に乗らなければ、この三週間の思い出はなかったのだ。最悪の終わりが来ることは、初めから決まっていたのだ。

――でも……。

それでも光彦にとっては初めての恋だった。初めて好きになった人だった。

誰かに手を握られるのも、肩を抱かれるのも、頬を寄せられるのも、デートに誘われるのも、何もかもが初めての経験だった。

「ごめんなさい、崇臣さん……本当に、ごめんなさい……うぅ……っ」

気づけば頬を涙が伝っていた。自分はいつから泣いていたのか。

『光彦』と呼ぶ低い声が、耳の奥にこびりついて離れない。

『火傷《やけど》はすぐに冷やさないと跡が残るぞ』

『もっとイチャイチャした方がいいかな』

『かりそめとはいえ、俺は今きみの恋人だ。胸に溜め込んでいることがあるのなら、いつでも吐き出してくれて構わない』

『どんなことがあっても、俺は最後まできみの味方だ』

思いの外心配性で、時にちょっぴりいたずらっ子のようで、だけどいつも真面目で真摯で思いやりに満ちていて。崇臣がかけてくれた言葉のひとつひとつが胸の中に満ちている。彼の表情、声、手のひらの感触、そのすべてが光彦の宝物になった。

「崇臣さん……」

そこにはいない人の名を唇に乗せる。返事はないとわかっているのに。

鈍色《にびいろ》の空から、いつしか冷たい霙《みぞれ》が落ち始めていた。ハンカチを取り出そうとして、バッグをカフェに置いてきてしまったことに気づいた。スマホも財布もバッグの中だが、カフェに戻る気にはなれなかった。

——合わせる顔がない。

いっそこのまま地の果てまで歩いて歩いて歩いて、霙に打たれて凍死してしまいたい。崇臣のあんな怒った顔を見るくらいなら。

己の愚かさを呪い、懺悔《ざんげ》の念に苛まれながらどれくらい歩き回っただろう。霙を含んだスニーカーは凍りつくほど冷たい。ずぶ濡れになったコートは信じられないほど重く、まるで今の自分の心のようだと思った。

不思議と寒さは感じなかった。ただ痺《しび》れるような手足の指先の痛みに、犯した罪を責められているような気がした。

——僕は……どこへ行けばいいんだろう。

実家に戻ればその場で父と対峙《たいじ》することになるだろう。こんな精神状態では冷静に父を説得することなどできまい。自分にはもう帰る場所がない。霙に打たれながら、光彦の瞳からはとめどなく涙が溢れた。

「うわっ」

左肩に衝撃を覚えた次の瞬間、光彦はシャーベット状の霙の積もった路上に転倒した。涙で前が見えず、向かいから歩いてきた通行人の男性とぶつかってしまったのだ。

「どこ見て歩いてんだっ！」

「す、すみません」

「なんだお前、ホームレスか。若いくせに、ちゃんと働けってんだ」

頭からずぶ濡れの光彦に舌打ちをして、男性は去っていった。

「すみませんでした……本当にすみま……」

消え入りそうな呟きが誰に対するものなのか、光彦にはもうわからなくなっていた。ただ次第にぼんやりしていく頭の片隅でずっと、もうひとりの自分が「このままじゃダメだろう」と静かに囁《ささや》いていた。

——そうだ……このままじゃダメだ。

崇臣に、もう一度きちんと謝らなくてはならない。一方的に謝罪の台詞を押しつけて、逃げ出してきてしまった。『どんな罰でも受ける』と言っておきながらこんなところで何をしているのだろう。

自分がこうして逃げ回っている限り、崇臣は「死ぬまで許さない」と軽蔑の視線を向けることも、「お前は最低の人間だ」と罵倒することも、「二度と俺の前に現れるな」と絶交を突きつけることもできないのだ。

光彦はのろりと立ち上がった。辛うじて濡れずにいたズボンも、茶色い霙を極限まで吸って冷たく重くなっていた。

――マンションに帰って、もう一度きちんと謝ろう。

どの面下げて戻ってきたのだと詰《なじ》られても仕方がない。むしろひどく罵《ののし》られることでしか、この罪を償うことはできない。

それから三十分ほど歩き、崇臣のマンションの近くまで辿《たど》り着いた。あとひとつ角を曲がればマンションが見えてくる。マンションのキーもバッグに入れていたので、光彦ひとりで部屋に入ることはできない。

おそらく崇臣はあの後、会社へ向かっただろう。帰宅が何時になるのか見当もつかないが、たとえ平日と同じように深夜になっても、近くの路上で帰りを待つつもりだった。

――崇臣さんの顔を見るのも今日で最後か……。

ふと気を抜くと溢れてくる涙を拳で拭った。謝罪する側の人間が泣くのは卑怯だと、奥歯を噛みしめた時だ。

「光彦！」

光彦は声のした方をハッと振り返った。数十メートル先から崇臣が全力で駆けてくるのが見えた。

「崇臣さん……どうして」

あっという間に近づいてきた崇臣は、手にしていた傘を光彦に差しかけた。

「あの、僕」

「雲が降っているっていうのに、どこへ行っていたんだ。ずぶ濡れじゃないか」

崇臣の声はやはり強い怒気を含んでいた。

「すみません、僕……」

きちんと謝罪をしようと思って戻ってきました。そう伝えようとしたのだが、口にするより先に崇臣は光彦の二の腕を摑《つか》んだ。

「とにかく中に入れ」

崇臣はそれ以上何も言わず、光彦をマンションのエントランスに引き入れた。重苦しい沈黙と乱暴に握られた二の腕の痛みが、崇臣の強い怒りの表れだと思うと、鼻の奥がツンとして目頭が熱くなった。

——ダメだ……泣いちゃ。

ともするとしゃくり上げてしまいそうになる自分を叱咤《しった》する。半ば崇臣に引き摺《ず》られるように、光彦は数時間ぶりのエレベーターに乗った。

俯《うつむ》けた視線の先に、ずぶ濡れになった崇臣の靴が見えた。見れば崇臣はたった今まで差していた傘の他に、もう一本同じビニール傘を携えている。

——もしかして僕を捜していてくれたのかな。

浮かんだ疑問はしかし、光彦の凍えた唇から零れることはなかった。

◇◇◇

玄関に入るなり、崇臣は光彦の濡れそぼったコートに手を掛けた。

「ここで脱ぎなさい」

「……え」

「これ以上体温を奪われたら低体温症になる。というか、もうなっているかもしれない」

口を動かしながら手も動かす。冷え切ってしまって身体が上手く動かせないのだろう、光彦は黙ってされるがままになっていた。

「こんなに冷たくなって……」

か細い身体が小刻みに震えている。唇は紫色に変色し、ろくに言葉を紡げないようだった。

――バカ野郎。

思わずそう怒鳴りたくなる。財布も携帯も持っていないのだからそう遠くへは行けまいと、マンションの付近を中心に必死に捜して歩いた。今年は暖冬とはいえ二月は真冬だ。気温は氷点下に近い。さすがにどこかで降りしきる霙を凌《しの》いでいるだろうと思っていたのに、傘も差さずに二時間以上歩き回っていたとは。

――自殺行為だろう。

思わず舌打ちしたくなるのをこらえ、じっとりと重くなったコートを脱がせた。

「風呂を沸かしておいたから、すぐに入れ」

「……いいえ、僕は」

「反論は許さない。入りなさい」

口調が強くなってしまうのは、光彦が憎らしいからではない。カフェを飛び出した光彦をすぐに追いかけなかった自分と、天気予報を無視して降り出した霙への苛立《いらだ》ちだ。

引き留める晴臣に従ってしまったのは、気が動転しているであろう光彦からではなく、先に第三者の口から詳しい事情を聞きたかったからだ。真実を知りたいという欲求に負けた結果、光彦を低体温症の危険に晒《さら》してしまった。

――バカ野郎は、俺だ。

忸怩《じくじ》たる思いが、崇臣の口調を尖《とが》らせた。

「こっちに」

濡れたコートとスニーカーを玄関に放り出し、崇臣は光彦の手を引いた。血が通っているのか疑わしいほど冷えたその手に、胸の奥がキリリと痛んだ。

「全部を脱いで」

予想はしていたが、霙は光彦のセーターやボタンダウンのシャツにまで染み入っていた。

この様子では下着も濡れているだろう。どんなに寒かっただろうと思うと、胃の奥にキリキリするような痛みを覚えた。

「早く」

「……はい」

光彦はぎこちない手つきでどうにかセーターを脱いだ。しかしかじかんだ指先が小刻みに震えて、シャツのボタンを上手く外すことができないようだった。

「……すみません」

一瞬何を謝っているのかわからなかったが、光彦の唇から零れた「指が……」というもどかしそうな呟きに、自分が命じた「早く」に応えられないことへの謝罪だと気づいた。

——俺は本当に大バカ野郎だ。

決して怯えさせたいわけではないのに。ひどい自己嫌悪と、一刻も早く凍えた身体を温めてやりたいという焦りが、いつも以上に突き放した口調を招いてしまった。

「貸してみろ」

崇臣は光彦の手を退け、一番上のボタンに手を掛けた。

「じ、自分でします」

「いいから」

光彦が戸惑っている間に、崇臣はボタンを一気にすべて外し、じっとりと濡れそぼったボタンダウンシャツを脱がせた。案の定肌着代わりのTシャツもすっかり濡れていて、光彦の華奢《きゃしゃ》なシルエットをこれでもかと見せつけてくる。

「あ、あとは自分で」

「貼りついているから。万歳をして」

光彦はほんの一瞬逡巡する様子を見せたが、すぐにおずおずと両手を上げた。Tシャツの裾を捲《まく》り上げ、上半身を裸にした。

――っ……。

いきなり目の前に現れた素肌の抜けるような白さに、崇臣は思わず息を呑む。胸に並んだ控えめな粒が、まるで引力でも持っているかのように崇臣の視線を吸い寄せる。薄桃色の小さなそれは、思いもよらぬ暴力的な淫猥さで崇臣の欲望を直撃した。

こんな時だというのに、ごくりと喉奥を鳴らしてしまった自分に呆れた。喉まで出かかった「ズボンも脱がせてやる」という台詞をすんでのところで呑み込んだ。

「これを」

ほっそりとした肩に傍らのバスタオルをかけ、そっと目を背けた。

「……すみません」

「謝らなくていい。怒っているわけじゃないんだ。早く湯船に浸かって温まれ。風邪でもひいたら大変だ」

「……はい」

項垂れる光彦を脱衣所に残し、崇臣はリビングへと足を向けた。

どうしてこんなつっけんどんな言い方になってしまうのか、自分でもよくわからない。自覚している以上に脳内が混乱しているのかもしれない。

今朝、光彦をランチに誘った。思いがけず断られてひどくがっかりした。普段なら「何もすることのない週末」は、どんな高級なディナーより贅沢で嬉しいものなのに、光彦がひとりで出かけてしまうと知った途端、急に無味乾燥な時間に思えてきた。

仕方なく——ワーカホリックの自分らしくもないが——半ば時間つぶしのような気分で会社に向かった。いつものようにハイヤーを使わなかったのは、何かしらの予感があったからではない。しかし半年に一度あるかないかの珍しい徒歩出勤が、道すがらのカフェで向かい合う光彦と晴臣に遭遇するという偶然を引き寄せたのだから、まったくもって人生とは皮肉なものだ。

なぜ光彦が晴臣と？　と一瞬頭が混乱した。光彦の説明を聞き、事の概要は理解したつもりでいたが到底納得はできなかった。光彦が自分を騙していたという事実を認めたくなかったのかもしれない。

想像以上の衝撃で呆然とする崇臣の前から、光彦は逃げ去ってしまった。すぐに追いかけようとしたが、晴臣に止められた。

『ちょっと落ち着きなよ。追いかけてとっちめるつもり？』

『そんなことはしない』

『じゃあ座りなって。光彦くんなら大丈夫。遠くには行けない。必ず兄貴の部屋に帰ってくるから』

晴臣はそう言って、座席に置き去りにされた光彦のバッグを指さしたのだった。

晴臣の話を聞くうちに、徐々に冷静になっていく自分がいた。不自然だと感じていた様々なことが、隠していたパズルのピースを嵌《は》めていくようにひとつひとつ腑《ふ》に落ちていった。

崇臣は三十年と数ヶ月の人生において、アルコールで失敗をした経験は一度もない。オフィシャルな会合はもとよりプライベートな飲み会においても、常に脳の半分を覚醒させておくようにしている。酒を覚え始めた大学生の時から、ずっとそうしてきた。

しかしあの夜は違った。過去一番と言っていいほど心身ともに疲弊していたためだろう、うっかり泥酔してしまった。パーティー会場にいる間は普段より多少酔いが回っているかなという程度だったが、バーに着いてからの酔い方は今思えば尋常ではなかった。

蓄積された疲れも確かにあった。立場上口に出せない様々な鬱積《うっせき》も。けれどもあの時の自分は、まるで何かに引き寄せられるように酔いの淵《ふち》に落ちていった。上品な所作とは裏腹に、蟒蛇《うわばみ》と呼んで差し支えないペースで小気味よくグラスを空けていく光彦。美しくミステリアスな二十歳の青年に、正直終始見惚《みと》れていた。

強烈な睡魔に抵抗できずブラックアウトしてからの記憶は曖昧《あいまい》だが、〝誰か〟に肩を借りてタクシーに乗せられたことや、ベッドに転がされた瞬間のスプリングの振動などは、後になって朧《おぼろ》げに思い出した。

タクシーの運転手に行き先を告げる〝誰か〟の声が、光彦のものでないことには早い時点で気づいていたが、きっとマスターのものだったのだろうと自分を納得させていた。

しかしひとつだけどうしても合点のいかないことがあった。あの華奢な光彦がどうやって自分をベッドまで運んだのかということだ。

光彦と自分の体重差はおそらく十五キロ以上あるだろう。ただでさえ重い成人男性の、しかも泥酔して弛緩《しかん》した身体を、光彦がひとりでタクシーからベッドまで運んだとは信じがたかった。かといって無体を働かれたと主張する相手に面と向かって「本当にきみがひとりで運んだのか」と尋ねることも憚《はばか》られ、今日までうやむやにしてきてしまった。だから運んだのが晴臣だと聞いても驚くより「やはり」という思いが強かった。

そして何より、もしも本当に自分が光彦に無体を働いたというのなら、一切合切何も覚えていないなどということがあり得るのだろうかと、心の奥底でずっと疑問を抱いていた。

朝、ベッドに乱れた様子はなかった。痕跡らしきものは何ひとつ残っておらず、光彦の身体に散った淫《みだ》らな花びらと、彼の証言だけが証拠だった。疑いを口にしなかったのは、彼がそういった類のうそをつき慣れているようには見えなかったからだ。

立場上、色仕掛けで近づいてくる人間は男女を問わず少なくない。彼らは一様に特有の雰囲気を纏っており、この頃では難なくそれを嗅《か》ぎ分けることができるようにもなっていた。我ながらかなり信頼のおける嗅覚なのだが、光彦からなんらかの汚れた意図を感じ取ることはなかった。

肩を抱いただけでビクビクと身を硬くし、頬を染めているほど初心なくせに『中級者向けコースを直滑降で下りられるレベル』だとか『日常会話には困らない程度』だとかいう自己申告も到底信ずるに足らず、正直言えば片腹痛かった。

全身から「性的な経験は皆無です」という匂いを立ち昇らせながらバレバレのうそをつくのは、あの年頃特有の見栄や虚勢からなのか、それとも崇臣に経験豊富だと思われたいなんらかの事情があるからなのか、内心ずっと不思議に思っていた。

――それにしても大胆な真似をしてくれたもんだ。

『最初からおかしいと思っていたんだ。黒幕はお前だったんだな』

光彦が出て行ったカフェで、崇臣は可愛くない方の弟・晴臣を睨《にら》みつけた。

『黒幕はひどいな。魚心あれば水心って言うじゃない？』

『光彦が悪いと言いたいのか』

『そうは言っていないけど、断るっていう選択肢もあったわけだからね。けど光彦くんはそれを選ばなかった。人を騙す罪悪感より、婿養子に行きたくない気持ちの方が強かったってことでしょ。ちなみにずっと調査会社の人間がつき纏っていたの、気づいてた？』

『ああ。真知子さん……光彦のお祖母さんが雇った探偵だ。お前のところにも来たのか』

『一度だけね』

一週間ほど前、晴臣がバーのカウンターで女性を口説いていると、不審な男が片隅でグラスを傾けていたという。

『兄貴と光彦くんの情報がほしいんだろうなって思ったから、聞こえよがしに話してあげた。うちの兄貴、実は旧華族のご令息と同棲しているんだよね〜ってね。その子は大学生でお父上と喧嘩して家出してきたらしいってところまで話したら、満足そうに帰っていったわ。どう？　俺って結構使える弟でしょ。時給三万円でいいよ』

へらへらと反省の欠片もない弟を、すんでのところでぶん殴りそうになったが、光彦に対する怒りは不思議なほど湧いてこなかった。父親に無理強《じ》いされた婿養子の話に光彦がどれほど傷つき、どれほどそれを回避したいと願っているか、崇臣は誰よりもよく知っている。

それよりもコンビニにもドラッグストアにも足を踏み入れたことのなかった深窓の令息の、一体どこにそんな勇気があったのかと思うにつけ、驚きを隠せない。怒りも呆れも通り越していっそあっぱれですらある。

真知子の二度目の急襲を受けた日、崇臣は深夜に光彦の部屋をノックした。あの時彼が慌てて隠した小さなコンパクト。あれが諸悪の根源だったのだ。晴臣に唆されたとはいえ自分の身体に偽のキスマークを描くなどという行為を、あの光彦が本当にひとりで遂行したのかと、俄《にわ》かには信じられなかった。

『まさかあのキスマーク、お前がつけたんじゃないだろうな』

自分が一度も触れていない光彦の素肌に、あろうことか晴臣が触れたかもしれない。そう思った瞬間、腹の奥にぐらぐらと煮え滾るようなマグマを感じた。

『はあ？　悪いけど俺、そこまで親切じゃないよ』

『本当に光彦の身体に触れていないんだな』

『何、そんなに気になるわけ？　俺と光彦くんの間柄が』

『茶化《ちゃか》さないで真面目に答えろ』

『だから真面目に答えてるでしょ。光彦くんが自分でつけたんだよ。俺は入れ知恵しただけ。ていうか、何そんなにムキになってんの？　らしくないよ？　悩みがあるなら俺でよければ相談に乗るけど？』

ニヤニヤと身を乗り出してきた晴臣は、きっと気づいていたのだろう。

おそらくはホテルの中庭で芽生え、ひとつ屋根の下でささやかな思い出を重ねるうち、胸の奥で育っていった光彦に対する感情の存在に。

『光彦がゲイだというのも、作り話なのか』

『さあね。本人に訊《き》いてみれば？　――あれ、なんか降ってきた。霙かな』

晴臣の視線を追うと、往来にはいつの間にか傘の花が咲き乱れていた。

『天気予報外れだね。すぐに捜しに行きなよ。光彦くん何も持っていないから電車もバスも乗れない。多分近くをうろうろしてるよ』

『お前に言われなくても捜しに行く』

光彦が置いていったバッグを攫《さら》うように手にし、出入口に向かって早足で歩き出した崇臣を、晴臣が『兄貴』と呼びとめた。

『光彦くんの気持ちは光彦くんに訊くしかないんだから、ちゃんと向き合いなよ』

『お前に言われなくてもわかっている』

『いーや、兄貴はわかってない。恋愛は交渉事とは違うんだよ。お互いの素直な気持ちをぶつけ合わなきゃ何も始まらないんだよ。必死に行間読もうとしたって何も進まない。行と行の間にあるのは、ただの空間だけだよ』

じっとこちらを見上げる弟の視線に応えることなく、崇臣はカフェを飛び出した。

店を出た途端、容赦のない冷気が頬を刺した。ほんの数十分の間に五度ほども気温が下がった気がする。

——濡れていなければいいが。

崇臣はコートの襟を立て、近所のコンビニでビニール傘を二本購入し、二時間以上あちこち光彦を捜し歩いたのだった。

——俺は、光彦が好きだ。

「好きだ」

気づけば声に出していた。歩きながら愛しい面影を思い浮かべる。バタバタと音を立て霙は傘を叩くのに、胸の奥にぽっと小さな陽だまりが生まれた気がした。

光彦の話を信じるしかなかったというのには無理がある。それどころかずっと、光彦がうそをついている可能性を否定できずにいた。泥酔していた以上「絶対に」と言い切ることはできないが、自分は九十九パーセント光彦に手を出していないという自信があった。

けれど崇臣は、光彦を問い質《ただ》そうとは思わなかった。追い出そうとも思わなかった。

理由はただひとつ、光彦との暮らしが想像以上に楽しかったからだ。

光彦が「抱かれた」というのならそう信じよう。いらぬ詮索をしてこの暮らしが根底から崩れるくらいなら、いっそ信じたことにしておこう。この三週間そう自分に言い聞かせてきた。真実がどこにあるのかより、家に帰ると光彦が出迎えてくれることの方がずっと大切なことに思えたから。

ちゅるん、とカップ麺を啜る愛らしさに何度目眩《めまい》を覚えただろう。油に濡れた唇に指を伸ばしてみたいという衝動と、内心いつも闘っていた。『崇臣さーん！　お待たせしましたーっ！』と無邪気な笑顔で駆け寄る光彦の、柔らかそうな前髪。息も整わないうちに抱き寄せて思うさま掻《か》き乱してみたいと思っていた。

その感情に光を当てまいと必死になっていたのは、認めてしまうことに躊躇いがあったからだ。心の奥底に芽生え、短期間で根づいてしまった恋心は想像以上に激しく崇臣を揺さぶった。

自分は長男だ。父や社員から絶大な信頼を寄せられている。三十歳で役員となり次期社長と誰もが信じて疑わない。だから皆の手本とならねばならない。いらぬトラブルに巻き込まれないように、足をすくわれないように――。物心ついた頃からずっと自分を律してきた。

――しかし……。

この恋心はトラブルなのだろうか。光彦を好きになったことで父や社員を裏切ることになるのだろうか。自分は光彦に足をすくわれようとしているのだろうか。

考えるまでもなく、いずれも答えは否だ。光彦以上に大切なものはない。光彦を手放したくない。帰したくない。どんなことがあっても。

ぐっと拳を握りしめた時だ。光彦が脱衣所から出てきた。

「温まったか」

「……はい、おかげさまで」

紫色だった唇が、いつもの可愛らしいピンク色に戻っている。蒼白だった顔にも血の気が戻っていてひとまず安堵《あんど》したが、その表情は霙を落とす鈍色の空より暗かった。

「光彦、俺は」

きみが好きだ。

今こそ思いを告げようとしたその瞬間、光彦が深々と頭を下げた。

「この三週間、大変お世話になりました。このご恩は生涯忘れません」

顔を上げるなり、光彦は「それでは失礼いたします」と踵を返そうとした。

「待て。どこへ行くつもりだ」

「警察です」

「警察？」

「自首します」

「自首って……」

唖然《あぜん》とする崇臣の前で、光彦はすっと背筋を伸ばした。

「僕は……大罪を犯しました。法の裁きを受けなければなりません」

光彦の瞳がみるみる潤み、涙がほろほろと頬に落ちた。

「婿養子に行きたくないという、僕のっ、わがままに、偶然出会った見ず知らずの人間だったのにっ……崇臣さんは耳を傾けてくれて……バーに連れ出してくれて……」

光彦はカクンと膝を折り、その場に崩れ落ちた。

「それなのに僕は、崇臣さんのその優しさをっ、逆手に取ってっ……抱かれたなんて、卑怯なうそをっ……」

喉奥から「くうっ」と子犬のような声を漏らす。またひと粒涙が頬を伝った。

「唆した晴臣が悪い」

「違います」

光彦はぶるぶると頭を振る。

「断ることも、できました……でも僕はっ……」

小さく丸めた肩をぷるぷると小刻みに震わせ、太腿《ふともも》の上の拳をぎゅっと握ると、光彦は絞り出すように言った。

「悪いのは、僕です」

——なんというか……。

たまらなく可愛い。場違いな感情が込み上げてくるのを止められなかった。崇臣は光彦の前に膝をつくと、チワワのように濡れそぼった黒い瞳を見つめた。

「だから警察に？」

静かな問いかけに、光彦は切腹を決意した武士のように「はい」と力強く頷いた。どうやら口先だけで物騒なことを言っているわけではないらしい。

「人の善意を己の利益のために利用するなど、言語道断です。僕には生きている価値がありません。極刑に値するほどの罪を犯してしまったと思っています」

光彦は濡れた頬を拭うこともなく、真っ直ぐに崇臣を見据えている。

婿養子に行きたくないと家を飛び出し、偶然知り合った崇臣を偽装恋人に仕立て上げ、母親代わりの祖母をまんまと騙した。そうかと思えば道半ばで良心の呵責《かしゃく》に耐えられなくなり、いきなり舞台裏を暴露。泣きながら「警察に自首する」と決意表明。

筋道も何もあったものではない。そもそも何の罪で裁かれるつもりなのか。どこから突っ込めばいいのか悩んでしまうほどその言動はハチャメチャなのに、光彦は恐ろしく真剣で、涙で艶《つや》めく黒い瞳からは本気の覚悟が感じられる。

——きれいだな。

何の衒《てら》いもなくそう感じてしまう自分は、どこかおかしいのだろうか。

やっぱり騙されていたのだと知った時、一ミリも怒りが湧かなかったと言えばうそになるが、それでも「あっぱれ」という思いの方が数段強かった。晴臣に対しても同じだ。余計なことをしてくれたものだと腹は立ったが、彼の入れ知恵がなければこうして光彦と偽装同棲生活を送ることはなかったのだ。

驚きも、怒りも、呆れも、一周回って今は愛おしい。ただひたすらに、光彦が愛おしい。

胸に芽生えた甘い疼《うず》きが徐々に強くなっていく。

『必死に行間読もうとしたって何も進まない。行と行の間にあるのは、ただの空間だけだよ』

晴臣の台詞が脳裏にこだました。

「警察に行く必要はない」

「……え」

「騙されたのは俺だ。だからきみを裁くのは警察じゃなく、俺だ。違うか」

低く抑えた声で問いかけると、光彦は少し戸惑った様子で「違いません」と答えた。崇臣は深くひとつ頷いてみせる。

「ならば俺の言う通りにしろ。目を閉じて。いいと言うまで開けるなよ」

光彦は「はい」と素直に目を閉じた。涙を湛《たた》えて震える長い睫毛《まつげ》に憐憫《れんびん》の情を覚えつつも、胸の奥底では湿度の高い欲望が燻《くすぶ》り始める。ゴクリと喉奥が鳴った。

崇臣は光彦の後頭部に右手を添える。華奢な肩がビクンと戦慄《おのの》いた瞬間、愛らしいピンク色の唇を奪った。

「……っ……」

キスをされるとは思いもしなかったのだろう、光彦は青白い目蓋《まぶた》を震わせたが、「いいと言うまで開けるな」という指示を思い出したらしく、目を開けることはしなかった。

微妙にずれた従順ささえ、今はただただ愛おしい。

「……っ……んっ」

ふわりと立ち昇る香りは慣れ親しんだボディーシャンプーのそれなのに、光彦の身体から漂うと、何か違うエッセンスを含んでいるように感じる。どこまでも清廉で、けれど裏側から淫靡な仕草で誘ってくる、そんなイケナイ香りだ。

――くそっ……。

限界だった。崇臣は光彦の細い身体を力任せに掻き抱いた。

「光彦……」

シャンプーしたての柔らかな髪に唇を当て、吐息に混ぜて囁いた。予想もしなかった展開に頭が混乱しているのだろう、光彦は身を硬くしてされるがままになっていた。

「きみに生きている価値があるかどうか、判断するのはきみ自身じゃない」

耳元で囁く。

「俺には、大切なものを傷つける趣味はない」

「……大切なもの？」

きつく目を閉じたまま光彦が呟く。頑《かたく》ななまでの真面目さが可愛くてたまらない。「目を開けていいぞ」と告げると、腕の中で光彦がゆっくりと目を開けた。ちょっと眩《まぶ》しいのか、軽く目を眇《すが》めている。そんな些《さ》細《さい》な表情の変化さえ、崇臣の心を掻き乱す。

「あの……」

「なんだ」

「今のは……その、何かの儀式でしょうか」

「儀式？」

「裁きを受ける者への、餞《はなむけ》的な」

光彦はやっぱりどこまでも真剣な表情で、おずおずと崇臣を見上げた。

——俺は……。

もしかすると手玉に取られているのだろうか。潤んだ黒い瞳に映る自分の顔に、問いかけずにはいられなかった。

「キスだ。普通の」

ぶっきらぼうに答えると、光彦はサーッと耳朶《じだ》まで赤くした。「キス」の二文字に反応したらしい。

「あの……」

「なんでキスしたんですか、とか訊くなよ」

口に出そうとしていた台詞を言い当てられたのだろう、光彦は驚いたように目を瞬かせる。

——だから、そういう顔も可愛いんだって……。

人には「箸が転げても可笑《おか》しい年頃」というのがあるらしいが、崇臣は経験しないまま大人になった。しかし今、確実に感じている。自分は「光彦が何をしても可愛い年頃」に差し掛かっていると。

——いやいや「年頃」ってなんだ。

崇臣はふるふると頭を振ると、きょとんと首を傾《かし》げる光彦の両肩に手を置いた。

「光彦」

きみが好きだ。

今度こそ思いを告げようとした時だ。ソファーに投げ置いた光彦のバッグから、スマホの着信音が聞こえてきた。戸惑う光彦に視線で「出なさい」と告げる。

「すみません」

立ち上がり、スマホを取り出した光彦が「お祖母さま」と呟くのが聞こえた。電話は真知子からだったらしい。光彦はしばらく逡巡した後、画面をスワイプした。

「はい、光彦……あ、えっ？」

光彦はスマホを耳に当てたまま崇臣の方を振り返った。その表情がみるみる強張《こわば》っていく。

「はい……わかりました。すぐに向かいます」

光彦は沈痛な面持ちで通話を切った。

「どうした。何かあったのか」

「父でした」

「お父さんから？」

確か今、光彦は「お祖母さま」と言わなかったか。訝る崇臣に、光彦は絞り出すような声で「お祖母さまが倒れたそうです」と告げた。

「事故か？　それとも」

「父は『倒れた』としか。今、救急車で病院に着いたところだそうです。詳細はわかりませんが、とりあえず意識はあるようです」

「わかった。タクシーを呼ぼう。その間に着替えを」

「はい」

素早くタクシーの手配をし、硬い表情で着替えをする光彦の前に立った。

「俺も一緒に行く。その方が――」

「大丈夫です！」

皆まで言わせまいと、光彦が叫んだ。

「僕ひとりで大丈夫です」

「これ以上迷惑をおかけするわけにはいきません、とか言うのか？」

光彦がハッと目を見開く。

「散々なことをしておいて、今さらだろ」

詰るような言葉をぶつけたのは、今は「行く」「行かない」で揉めている場合ではないと判断したからだ。何が何でも一緒に行くという決意を伝えたかったのだが、案の定光彦は唇を噛んで項垂れてしまった。

「俺が、大丈夫じゃないんだよ」

おずおずと顔を上げる光彦の頬を、そっと両手で挟む。

「こんな顔のきみを、ひとりで実家に帰せるわけがないだろ」

「崇臣さん……」

「言っただろ？　どんなことがあっても俺は最後まできみの味方だと」

『俺は確かに部外者だけど、縁あってこうしてきみと知り合ったんだ。そして恋人役を演じると約束した。きみの口から「クビにする」という言葉が出るまで、俺はきみの恋人だ』

あの夜告げた思いは、光彦の心の片隅にまだ残っているだろうか。

「着替え終わったらすぐに下に降りるぞ」

有無を言わせない態度で踵を返すと、「すみません」という小さな呟きが聞こえた。


「昌彦さんがこんなにあわてんぼうだとは思いませんでした」

「お言葉ですがお母さま、あの状態を見たら誰でも救急車を呼ぶでしょう」

「大丈夫だと言ったでしょう」

「呼んだ後でした」

「キャンセルなさいと何度も言いましたよ？　あなたの耳は飾りなのですか？」

「お母さま……」

昌彦はやれやれといった表情で「憎まれ口を利く元気があって何よりです」と肩を竦めた。

遡《さかのぼ》ること三時間前のことだった。昌彦は館長を務めている都内の博物館から帰宅したのだが、この日に限っていつも真っ先に駆け寄ってくる朋彦《ともひこ》の姿がない。

『和香《のどか》さまと朋彦坊ちゃんは、幼稚園主催のボランティア活動にご参加されるとのことで、昼前にお出かけになりました』

執事に言われ、そういえば和香が今朝方、区内の老人介護施設へ慰問に行くと話していたことを思い出した。真知子は自室なのかと尋ねると『先ほど酒蔵に行くとおっしゃっていましたが』と答えが返ってきた。

真知子はしばしば晩酌用の酒を自らの手で選ぶため、奥庭の酒蔵に籠《こも》る。珍しくもないことなのに、泣き出すように降り始めた霙にふと胸騒ぎを覚えたのは虫の知らせだったのだろう。奥庭に向かい酒蔵の扉を開けた昌彦は、蔵の片隅に倒れている真知子を発見した。

『お母さま！　どうなさいました！』

叫ぶと同時に、傍に落ちていた真知子のスマホで一一九番をコールしたのは、彼女の倒れていた場所が蔵の二階に続く梯子《はしご》の真下だったからだ。梯子から転げ落ちたに違いないと思ったのだという。

「躓《つまず》いた場所がたまたま梯子の下だったんですよ。それを昌彦さんときたら」

「お声をかけたのに、すぐに返事をしなかったじゃありませんか。頭を打って意識がないのかと思って血の気が引きましたよ」

「足首が痛くて声が出なかっただけです」

降りしきる霙の中を、母屋から蔵まで歩いた真知子の靴の裏は濡れていた。そのまま梯子の下に敷かれた御影石で足を滑らせ、足首を捻《ひね》ってしまったのだという。

運び込まれた病院で直ちに行われた検査の結果、真知子の負った怪我《けが》は右足首の捻挫《ねんざ》だけだった。全治二週間。入院する必要もないという診断だった。病院で合流した光彦と崇臣も含めた四人で屋敷に戻ってきたのが、今から二十分ほど前のことだった。

およそ三週間ぶりに帰宅した光彦に大喜びで飛びついてきたのは、和香と共に老人介護施設から急ぎ帰宅した朋彦だった。

『光彦兄さま、おかえりなさい！』

『ただいま、朋彦』

光彦は、太腿にぎゅっと抱きつく弟の頭を撫でた。

『兄さま、もうどこへも行かない？　また朋彦とあそんでくれる？』

無邪気な瞳で兄を見上げる朋彦に、声をかけたのは母親の和香だった。

『朋彦、お部屋に戻ってお母さまと遊びましょう』

『えー、朋彦、光彦兄さまとあそびたいのに』

『光彦さんは真知子お祖母さまを心配してお帰りになられたの。お祖母さまの具合がよくなられたら、遊んでもらいましょうね』

朋彦は和香に手を引かれ、何度も光彦を振り返りながら部屋を後にした。見送る光彦の瞳が慈愛の色に満ちている。弟が可愛くてたまらないのだろう。

和香が整えてくれていたベッドに横になった真知子は、昌彦に「あわてんぼう」だの「耳は飾りなのか」だのとひとしきり悪態をついた後、崇臣に向かって頭を下げた。

「捻挫ごときで大騒ぎしてしまって本当に恥ずかしいわ。菱田さん、ご心配おかけして申し訳ありませんでした」

崇臣は静かに首を横に振った。

「足首だけで済んだのは不幸中の幸いでしたね。それでも捻挫というのはなかなかやっかいですから、お大事になさってください」

「ありがとうございます。光彦さんも、突然呼びつけられて驚いたでしょう」

「倒れたと連絡をもらった時は気が動転してしまいましたが、お医者さまが『命に別状はありません』とおっしゃるのを聞いて、ようやくホッとしました」

「余計な心配をかけてしまって、本当にごめんなさい」

真知子は「でも」崇臣と光彦を交互に見比べ、にっこり微笑んだ。

「こうして菱田さんがついてきて下さったのですから、さぞ心強かったことでしょうね」

「おっ、お祖母さまっ」

光彦が声を上擦らせる。場の空気がピンと張り詰めるのがわかった。

三週間ぶりの対面だというのに、昌彦と光彦は病院で顔を合わせてから一切言葉を交わしていない。昌彦に至っては息子に視線すら向けないという徹底ぶりだった。「真知子が大事に至らなかった」という一点だけでどうにか保たれていたふたりの均衡は、その真知子の発言で一気に崩れた。

「そ、そのお話はまたあらためて――」

「あらためる必要などありませんっ」

狼狽《ろうばい》する光彦を、真知子はぴしゃりと一蹴した。

「光彦さん、あなたそのつもりで帰ってきたのでしょう？　菱田さんをここへお連れしたということは、そういう意味なのでしょう？」

「ぼ、僕は、その」

「光彦」

崇臣は緊張と動揺を隠せない光彦の背中に、そっと手を当てた。

「崇臣さん……」

「俺から話すよ」

――来るべき時が来たな。

ドクドクという光彦の鼓動が、背中からでも手のひらに伝わってくるようだ。しかし崇臣の心は不思議なくらい凪《な》いでいた。

『騙されたのは俺だ。だからきみを裁くのは警察じゃなく、俺だ。違うか』

数時間前、その問いかけに光彦は違わないと答えた。つまり光彦の未来は今、この手の中にあるのだ。光彦を怒らせるのも驚かせるのも笑わせるのも、すべて崇臣の自由なのだ。

それならまずは泣かせたい。幸せすぎて信じられないと、大粒の涙を零させたい。

光彦にとって最大の幸福。それは婿養子の話を白紙に戻すことだ。父親の昌彦を説き伏せて自由を手に入れることだ。

「藤堂寺《とうどうじ》さん」

崇臣は一歩、二歩と前に出ると、昌彦の正面に立った。真知子の検査結果が出るのを待つ間に軽く挨拶を交わしたが、今度はただの自己紹介ではない。

「あらためてご挨拶させてください」

昌彦は崇臣を見上げ、口を真一文字に結んだ。何か予感があるのだろう。

「菱田崇臣と申します。パーティーの席で、何度かご一緒させていただいたことがあるのですが」

「存じています。菱田自動車社長のご長男ですね」

「はい。実は私、以前から光彦くんとおつき合いさせていただいております」

傍らで光彦が息を呑むのがわかった。真知子は少女のようにキラキラと瞳を輝かせ「待っていました」とばかりに自らの力で上半身を起こした。

昌彦はというと、眉の一本すら動かさず崇臣の視線を受け止めていた。光彦と同じほっそりとした体軀《たいく》ではあるが、その凜《りん》とした立ち姿には江戸時代から続く旧華族・藤堂寺家当主の風格が感じられた。

「つき合いとひと口に言っても、関係性はいろいろありますが」

「恋愛関係です」

探るような昌彦の視線に臆することなく、崇臣はきっぱりと言い切った。

「私たちは愛し合っています。法律上の婚姻は難しいかもしれませんが、生涯を共にする覚悟で交際しています」

そうだろ、と光彦を見下ろした。ゆらゆらと揺れる瞳が「どうして」と問いかけてくる。

自分を騙していた相手だ。憎むべき相手のはずだ。恋人のふりをするという約束は、真実を告白したのと当時に反故《ほご》にされても当然だ。それなのになぜこの期に及んで平然と演技を続けているのだろう。光彦の戸惑いが手に取るようにわかった。

崇臣の気持ちに気づいていないのだから当然のことだろう。澱《よど》みのない台詞が決して演技などではなく、未来への願望も含めた崇臣のひりつくような願いなのだと知ったら、光彦はどんな顔をするだろう。

「光彦、菱田さんがおっしゃっていることは事実なのか」

昌彦が光彦に問う。その声に、息子の性指向を知った動揺は一切感じられなかった。

「お前が菱田さんと愛し合っているのは本当なのかと訊いている。答えなさい、光彦」

「僕は……」

光彦はちらりと頼りなげな視線をよこすと、激しく逡巡するように足元の床に視線を落としてしまった。そしてもう一度、今度は意を決したように崇臣を見上げた。崇臣は口元に柔らかい笑みを湛え、力強く頷いてみせた。

──大丈夫だ、任せておけ。

無言のメッセージが伝わったのだろう、光彦は昌彦を見据えると、すっと一歩前へ出た。

「僕も崇臣さんを愛しています。真剣に交際させていただいています」

透き通った声が、選手宣誓のように潔く寝室にこだました。

──光彦……。

崇臣はそっと目を伏せた。

崇臣さんを愛しています。そのひと言を胸の奥で静かに反芻《はんすう》した。

これが光彦の本心だったらどんなにいいだろう。そう思わずにはいられなかった。けれどたとえ婿養子に行きたくない一心から出た台詞だとしても、崇臣はこの宣誓を生涯忘れることはないだろう。初めから偽りだとわかっていても、騙されていたと打ち明けられた後も、光彦と過ごした時間が一切の輝きを失わないように。

「そうか」

長い沈黙の後、ようやく昌彦が呟いた。

ここへ向かう道すがら崇臣は、どんなことになっても冷静さを失わないようにしようと自分に言い聞かせてきた。激しい反発や鋭い追及、場合によっては人格を否定され、問答無用で叩き出される事態まで覚悟してきたというのに、声ひとつ荒らげない昌彦の態度は拍子抜けするくらい紳士的だった。

この人は本当に、息子の意思を無視して政略結婚を企てた張本人なのだろうか。崇臣は眉根を寄せる。光彦から聞かされていた暴言や暴挙と、少し疲れた様子で傍らの椅子を引き寄せ腰を下ろす初老の男性が、崇臣の中でいまひとつ結びつかない。

「僕はまだ大学生ではありますが、成人したひとりの人間です。あの日お父さまは僕にむかって『誰のおかげでここまで大きくなったのか』とおっしゃいましたが、そんなのお父さまのおかげに決まっています。お母さまが亡くなってから今日まで、お祖母さまと力を合わせて僕たちを育ててくださったことには、心から感謝しています。その気持ちはうそじゃない」

溢れる思いの強さなのだろう、光彦は息継ぎをする間すら惜しむようにしゃべり続けた。

「でもそれとこれとは別問題です。僕には崇臣さんという恋人がいます。お父さまがお母さまを愛していたように、今は和香さんを愛していらっしゃるように、僕は崇臣さんを愛しています。だから前園《まえぞの》家に婿養子に行くことはできません」

拳を握り肩を震わせる息子を、昌彦はただじっと見上げている。ふとその瞳に深い慈愛の色を感じ、崇臣はハッとした。

——この人は……。

息子を愛している。誰よりその幸せを強く願っている。そう直感した。

「お父さまのお気持ちに応えられなくて申し訳ありません。伯爵家である前園家に僕が婿入りすることが、子爵家である藤堂寺家にもたらす様々な恩恵を、理解できないわけではありません。ただそれでも僕は——」

「ちょっと待ちなさい」

昌彦が突然椅子から腰を浮かせた。ガタリと椅子の動く音に、光彦はピクリと身体を竦ませ続く言葉を呑み込んだ。

「私がお前と頼子《よりこ》さんの縁談を強引に進めようとしたのは、この家の将来を思ってのこと。お前はそう思っていたのか」

光彦は一瞬躊躇《ちゅうちょ》したが、ぐっと奥歯を嚙みしめ「そうです」と答えた。

「お父さまが日々当主としての責務を果たされていることは知っています。尊敬もしています。僕は次期当主ではありませんが、それでも物心ついてからずっと藤堂寺の名を汚さないように行動してきました。それなのに」

光彦はぐっと拳を握る。

「伯爵家と繋がりを持つためなら、僕の気持ちなど無視して婿養子に出すんですね。あんまりです。僕がどれほど傷ついたかわかりますか？」

光彦は、反論があるなら聞きましょうとばかりに正面の父親を睨んだ。昌彦はしばらくの間何事かを考え込むように沈黙していたが、やがておもむろに口を開いた。

「つまりお前は、かつて藤堂寺家が陞爵《しょうしゃく》に失敗したことを、私が恥じていると思っていたのか。だからお前を婿養子に出すことで、伯爵家である前園家と血縁になろうと考えたと?」

「違うんですか」

昌彦は目眩を覚えたのか、眉間に指を当てた。

「バカバカしい。お前は一体何時代の話をしているんだ。今、西暦何年だと思っている」

昌彦は大きく嘆息すると、もう一度椅子に腰を落とした。

「私は過去の爵位になど、これっぽちも興味はない」

「うそです」

「なぜ私がお前にうそをつかなければならない」

昌彦はじっと光彦を見つめた。

「私は、お前に活躍の場を作ってやりたかったのだ」

「活躍の場?」

光彦がきょとんと首を傾げる。

「お前は幼い頃から機械いじりが好きだっただろ。晃彦《あきひこ》は囲碁ばかり打っていたが、お前はブロック遊びやらパズルやらを、何時間も飽きることなくやっていた」

幼い頃の光彦を思い出しているのだろう、昌彦の目がふわりと穏やかな色を帯びる。

「小学校に上がってからも案の定理科が一番の得意教科で、夏休みの工作は毎年のように賞をもらっていた」

「低学年の頃は、お父さまにも手伝ってもらった記憶があります」

昌彦が「そうだったな」と頷く。

「前園機械、前園化学工業、前園メディカルシステムズ――。明治の時代、武器や機械商として財を成して以来、前園家は日本の機械工業を支え続けてきた。お前も知っているだろう」

「……はい」

「対して藤堂寺家の家業は陶器や食器の製造だ。しかも経営の第一線を退いて久しい。お前が生き生きと活躍できる場は、美術館や博物館の運営ではないと考えたのだ」

昌彦の口調が徐々に柔らかくなっていく。

「私には兄弟姉妹がいなかったから、当主になる以外に道はなかった。しかしお前は違う。この家に縛られる必要はないのだ」

二ヶ月ほど前のことだった。昌彦は長男の晃彦とふたりで藤堂寺家のこれからについて、ゆっくり話し合う機会を持ったという。

『晃彦、本当にいいんだな？』

『僕は小学生の頃にはすでに、将来は藤堂寺家の当主となると決めていました。家業を継がせてもらえることを誇りに思っています。ただ』

『ただ、なんだ』

『光彦は、僕とは違うと思うのです』

『どういうことだ』

『お父さまもご存じのように、光彦は社交性がないわけではありませんが、パーティー会場にいる時より、部屋でわけのわからない工作に没頭している時の方が、はるかに生き生きしているように見えませんか』

『確かにそうだが……』

『工学部に進学してからは、その傾向は一層顕著になってきました。一見ぽやんとしているようですが、成績はかなり優秀だと聞いています』

博物館や美術館の館長に収めてしまっては、せっかく生まれ持った才能を生かせない。晃彦は弟を、外の世界に出してはどうかと提案したという。

『お前は、ひとりで大丈夫なのか』

『お父さまだって、お祖父《じい》さまが亡くなってから今日まで、ひとりでやってこられたではありませんか』

『それはそうだが』

『別に光彦を追い出そうというのではありません。何か不測の事態があれば、力を貸してもらおうと思っています。ただ人には向き不向きというものがあります。光彦は旧華族という出自に囚《とら》われることなく、日本の最先端技術を開発するような仕事に就いてほしいと僕は考えています』

「考えてもみないことだった。私は当然お前にも藤堂寺家に残ってもらい、晃彦を助けてほしいと思っていた。兄弟力を合わせて藤堂寺家を守ってもらいたいとな。しかし晃彦に熱心に説得され、次第に考えをあらためるべきなのだろうと思うようになったのだ」

折しもその数日後、会食の席で前園家当主・政信《まさのぶ》と顔を合わせた。ひとり娘・頼子の婿探しが難航していると悩みを打ち明けられ……。

「運命だと思ったのだ」

前園家は日本を代表する機械メーカーだ。しかも当主の政信と昌彦は旧知の仲であり、信頼関係も築けている。大切な息子を託すのにこれ以上の家柄があるだろうか。昌彦の胸は躍ったという。

「それで僕を前園家に……」

ついに訪れた父との対峙の瞬間に肩をいからせていた光彦は、途中からすっかり毒気を抜かれた様子だった。握りしめていた拳もいつの間にかだらりと解けている。

——そういうことだったのか。

昌彦は光彦を疎んじていたわけではなかった。その思いが崇臣の緊張を一気に解《ほぐ》す。疎むどころか光彦の将来を思うあまり、先走って空回りしたというのが実際のところだろう。光彦の話からどれほどの暴君なのかと警戒していたが、実際の昌彦は想像とはかなり違うちょっと残念な紳士だった。

だとしても、もう少し穏やかな伝え方はなかったのだろうかと思わずにはいられない。ある日突然『婿養子に行け。決定事項だ』と頭ごなしに言われては、光彦でなくても反発して家出のひとつもしたくなるだろう。

——ありえない不器用さだな。

軽い目眩を覚えていると、傍らから崇臣の気持ちを代弁するような声が飛んできた。

「ありえません！」

声の主は、事の成り行きを黙って見守っていた真知子だった。

「昌彦さん、あなたバカなのですか？」

「バ……」

老齢の母親にバカよばわりされ、昌彦は目を剝いた。

「私は今日ほどわが子を情けなく思ったことはありませんよ、昌彦さん」

「お母さま、私は」

「お黙りなさい！」

何か言いたげな昌彦を、真知子はピシャリと封じた。

「光彦さんの将来を考えての行動だったのなら、初めから光彦さんにそう話せばよかったじゃありませんか。晃彦さんと話し合いを持ったことも、それによってあなたが考えをあらためたことも、頼子さんの婿探しの話にビビビッときたことも、何ひとつ光彦さんは知らされていなかった。そうですよね、光彦さん」

真知子の視線に、光彦は大きく頷いた。

「今、初めて聞きました」

「本当にごめんなさいね、光彦さん。庇うわけではありませんが、あなたのお父さまは小さい頃からそれはそれは不器用な子でした。決して庇うわけではありませんが、気持ちはとても優しいのです。決して決して庇うわけではありませんが、愛情は人一倍深いのです。それだけはわかってちょうだいね」

さすがに居たたまれなくなったのだろう、昌彦は苦虫を噛み潰《つぶ》したような顔で俯いてしまった。光彦はもはや半笑いを隠そうともせず「わかっています」と頷いている。崇臣は傍らでそっと笑いを噛み殺した。

「ただいつも言葉が足りず、思いを上手に伝えることができなくて……その上こうと決めたら猪突《ちょとつ》猛進です。その超不器用で面倒くさい性格のせいで、亡くなったあなたのお母さんにも、今は若い和香さんにまで、余計な心配ばかりかけて……本当にもう」

真知子は眦に滲んだ涙を、細い指先で拭った。

「お祖母さま、泣かないでください」

光彦が真知子の背中を擦《さす》る。

「ありがとう光彦さん。私はもう、情けなくて情けなくて」

息子とその恋人の前で母親に「バカ」だの「情けない」だのと貶《おとし》められ、さすがに昌彦は居心地悪そうに窓辺に向かい、三人に背中を向けた。

「藤堂寺さん」

その背中に、崇臣は静かに呼びかけた。

「なんだね」

「光彦くんと頼子さんの縁談ですが、どうか取り消しにしていただけないでしょうか」

光彦が驚いたようにこちらを見上げた。何か言いかけた光彦を制し、崇臣は続ける。

「今日は真知子さんが救急搬送されたとご連絡をいただいて、取り急ぎ駆けつけましたが、そうでなくても近いうちにふたりでご挨拶に伺うつもりでおりました」

崇臣は大きくひとつ深呼吸をする。

「私は光彦くんを愛しています。必ず幸せにします。光彦くんを本当に愛し信頼していらっしゃるのなら、彼の意思を尊重してあげてください。お願いします」

崇臣は深々と頭を下げた。

演技などではない、心からの台詞だから、なんの衒いもなく唇から零れる。

愛している。愛しているよ、光彦。何度だって言える。

「前園機械も前園化学工業も日本を代表する立派な企業です。けれど菱田自動車も決して引けを取りません。もし光彦くんが入社を望むのなら、大学卒業後は彼が一番能力を発揮できるポジションを用意させて——」

「断った」

腰を九十度曲げたまま懇願する崇臣に頭上で、昌彦の声がした。

「……え」

ゆっくりと顔を上げると、窓辺に佇《たたず》んでいた昌彦が振り返った。

「頼子さんとの縁談はすでに断った」

「本当ですか？」

「ほっ、本当ですか、お父さま」

崇臣の声に、光彦の裏返った声が重なる。昌彦は「ああ」と頷いた。光彦が家を出た三日後、昌彦の方から前園家に断りの連絡を入れたのだという。幸い政信はまだ頼子に話を切り出しておらず『光彦くんはまだ学生ですからね』と理解を示してくれたという。

「だったらなぜすぐにその旨を光彦さんに知らせなかったのです」

もはや呆れも通り越したのだろう、真知子は唖然とした様子で昌彦を見上げた。

「自分探しの旅に出たなどという荒唐無稽な話を、私が信じたと思っていたのですか。普通に考えて、家出する先は恋人のところでしょう」

平然と答える昌彦に、真知子は大きく目を見開いた。

「では昌彦さんは最初から」

「光彦が菱田さんのマンションに出入りしていることは、承知していました。だから心配もしていませんでした」

驚いたことに昌彦もまた独自に調査会社を使い、光彦の動向を窺っていたのだという。真知子が依頼したのとは別の調査会社で、担当したのも若く優秀な調査員だったという。真知子が雇った老齢の探偵のおかげで何度か冷や汗をかいたらしいが、どうにか最後まで崇臣にも光彦にも気づかれず任務を遂行したという。

どうやら一週間前にバーで晴臣に接近してきたのは、真知子ではなく昌彦に雇われた調査員だったらしい。

「それじゃ、お父さまは、僕と崇臣さんのこと……」

「承知していた。だからお前が帰宅するまで、こちらから連絡はすまいと思ったのだ」

言うなり昌彦は、ふたたびくるりと背を向けた。

「あの日、お前は私の前で啖呵《たんか》を切った。自分の人生は自分のものだと。私はカッとなって怒鳴り返した。売り言葉に買い言葉だった。結果、お前は家を出て行った」

昌彦は霙に濡れた庭を見つめる。

「誰に対して物を言っているのだ、誰のおかげで大きくなったと思っているのだと、ひどく腹が立った。が、それ以上に驚いている自分がいた。幼い頃から手がかからず、多少理不尽な言いつけもきちんと守り、いつも『わかりました、お父さま』ばかりだったお前に、こんなに激しい一面があったのだと。正直に言えば……少しばかり嬉しかった」

「お父さま……」

瞠目する光彦に、昌彦は小さく頷いた。

「お前はもう成人だ。好きにすればいい」

昌彦はまた背中を向けてしまった。ひどく突き放したような言い方だったが、それは崇臣と光彦の交際を、昌彦が事実上認めた瞬間だった。

「ありがとうございます、お父さま」

光彦は花が咲いたように破顔し、崇臣を見上げた。その瞳が潤んでいて、崇臣はすんでのところで胸に抱き寄せてしまいそうになる。

「ありがとうございます、藤堂寺さん」

「礼など必要ない。お前が幸せになれば、私はそれで」

マイノリティに対する世間の理解度は、日々高まっていると感じる。とはいえ旧華族という旧態依然とした空気の色濃く残る世界に生きる昌彦にとって、息子の性指向を受け入れることは、想像するよりずっと大変なのではないかとも思う。

もしかするとこの三週間は、ほとぼりを冷ますための時間ではなく、昌彦がありのままの光彦を受け入れるための準備期間だったのではないか。晴れ晴れとした光彦の顔と、昌彦の背中を交互に見比べ、崇臣はそんなことを考えていた。

医師に安静を言い渡されている真知子を寝室に残し、三人は応接室へと移動した。案内されたのは三十畳ほどもあろうかという洋間で、一面にペルシャ絨毯《じゅうたん》が敷き詰められていた。東側の壁にはレンガ造りの大きな暖炉が設《しつら》えられている。

光彦曰《いわ》くこれと同じような広さの応接室があと五室もあるというのだから、もはやため息も出なかった。シャンデリアも調度品も豪奢でありながらどこか落ち着いていて、決して派手な暮らしを好まない藤堂寺家の家風を表しているようだった。

ぐるりと室内を見回していた崇臣は、ふとアンティーク調のマントルピースの上に三つ並んだフォトフレームに目を留めた。納められている写真はおそらく三人の息子たちだ。左端がさっき真知子の寝室で会ったばかりの朋彦だ。野球帽をかぶり得意げにバットを構える姿が微笑ましい。中央のフレームで微笑んでいる十歳くらいの少年は、おそらく小学生時代の晃彦だろう。兄弟だけあって目元も口元も光彦とよく似ている。

右端のフレームに納まっている光彦は、三歳くらいだろうか、今と同じくりくりんと愛らしい瞳をして、若い女性に抱かれていた。その女性の顔に、崇臣は息を呑む。

「あの方は……」

崇臣の視線を追った昌彦が「ああ」と頷いた。

「睦美《むつみ》だ。光彦の母親の。びっくりするほどそっくりだろう、光彦に」

「ええ、本当に」

睦美は、本当に驚くほど光彦に似ていた。凛と澄んだ瞳に艶やかな唇。隠しきれない上品さの漂う顔立ちから、さらりと癖のない黒髪まで、パーツのひとつひとつが光彦のそれと酷似している。

ただふたりの表情は対照的だった。母の腕に抱かれて安心しきっているのだろう、光彦は甘えたような笑みを浮かべている。一方の睦美も笑顔ではあるが、その表情はどこか翳《かげ》を帯びていた。

「病気がわかった直後の写真だ。その写真を撮った半年後、睦美は亡くなった」

「……そうだったんですか」

「あっという間のことで、しばらくは現実を受け入れられなかった」

当時の昌彦の心境を想像し、崇臣はかける言葉を失《な》くした。何よりふたりの幼子を残してこの世を去らなければならなかった睦美の無念を思うと、胸の奥が絞られるように苦しくなった。

「私は、怖かったのかもしれないな」

昌彦が誰にともなく呟いた。

「怖かった?」

傍らの光彦が首を傾げた。

「お前はあまりにも睦美に似ていた。お前を見るたび、抱き上げるたび、頬を擦り寄せるたび睦美を思い出した。出会った頃の若々しい睦美、ちょっと拗ねてみせる可愛らしい睦美、子供たちと戯れる楽しそうな睦美、そして最期の瞬間の苦しそうな……」

後添えを得、新たな子宝にも恵まれた。それでも愛する妻を失った心の傷は、おそらく生涯消えることはないのだろう。

——もしかして……。

不意に崇臣の脳裏に、真知子が初めてマンションの部屋にやってきた時の光景が浮かんだ。お父さまは自分の心配などしていない。厄介払いだと言う光彦を、真知子は『それは違いますよ』と窘《たしな》めていた。

『昌彦さんの光彦さんに対する接し方に、いろいろと問題があるのは認めますが、光彦さんのことを厄介だなどと、これっぽっちも思っていませんよ?』

あの時はなぜそう断言できるのか分からなかったが、おそらく真知子は昌彦と光彦の間に流れる微妙な空気や距離感に、ずっと以前から胸を痛めていたのだろう。

「藤堂寺さん、ひとつお伺いしてもよろしいですか」

「……なんだね」

「不躾《ぶしつけ》な質問をお許しください。藤堂寺さんは光彦くんに、遊園地で危険なアトラクションに乗ることを禁止なさっていましたよね」

「……ああ」

「レーサーになりたいという夢もお認めにならなかった。それはもしかして」

遊園地の絶叫マシーンを禁じられていたのは、自分だけだったと光彦は言っていた。兄の晃彦がそれを許された歳になっても、光彦にはOKが出なかった。それをずっと不公平だと思っていたと、光彦は悲しそうに話してくれた。

進学先もそうだ。結果として晃彦は光彦と同じG大を選んだが、受験期に進路に悩む晃彦に、昌彦は『お前の好きな大学を選べばいい』とアドバイスしていたという。だから自分も第一志望のT工大を受験できる。そう思っていた光彦は、G大一択だと取り付く島もない態度の昌彦に、不信感と憤りを覚えたと言っていた。

「光彦くんが睦美さんにそっくりだったからですか」

傍らで光彦が「えっ」と声を上げた。昌彦は静かに「その通りだ」と頷いた。

「光彦は基本的に大人しい子供だったが、それでもやはり男の子だ、庭を走り回って膝を擦り剝いたり、体育の時間に足を挫《くじ》いたりと、今思えば大した怪我ではなかったのだが、当時の私はいちいち心臓が止まるかと思うほど心配をしていた」

――やっぱりそうだったのか。

崇臣は自分の推測が間違っていなかったことを確信した。

「過保護になってはいけないと頭ではわかっていても、どうにもならなかった。怪我が元で光彦が歩けなくなったら、死んでしまったらと」

「お父さま……」

「遊園地で危ないアトラクションに乗りたいとねだられても、悪い想像ばかり先に立って『いいよ』と言ってやれなかった。レーサーになりたいと言われた時も、目眩がするほどの恐怖に襲われた。G大に進めと半ば命令したのは、G大には知り合いの教授が大勢いて、T工大より安心して通わせられると思ったからだ」

ひと息に話すと、昌彦は光彦に向かって「すまなかった」と頭を下げた。

「やめてください、お父さま」

慌てて椅子から立ち上がろうとした光彦を、昌彦は静かに「かけなさい」と制した。

「私は今までお前の楽しみを、数えきれないほど奪ってきた。謝って済むことではないとわかっている」

光彦は「そんなこと」とふるふる頭を振った。

「お気持ちを話してくださってありがとうございました。僕の方こそお父さまに謝らなくてはいけません」

「お前が私に？」

「僕はずっと誤解をしていました。お祖母さまは『お父さまは心配性だから』と言うけれど、それならなぜ僕に対してだけなんだろうと、長い間不思議でなりませんでした。僕は兄さんと違って次期当主でないからなのかなと」

「まさか。次期当主であろうとなかろうと息子は息子だ。晃彦もお前も朋彦も、みんな私の大切な息子だ」

「……そうですよね。お父さまはそんな人じゃない。小さい頃転んで泣いている僕を抱き上げてくれたお父さまの温かい腕を、今もよく思い出します。なのに大人になるにつれて僕の考えを次々に否定するお父さまに、心の中で反発しながらもきちんと向き合おうとしませんでした。言い争いになるのが嫌で逃げていたんです」

「それは私も同じだ。悪いのは私だ」

「いえ、僕です」

「私だと言っているだろう」

「いくら相手がお父さまでもここは譲れません。悪いのは僕です」

「いいや、絶対に私だ」

「僕です」

真顔で言い争いを始めたふたりに、崇臣が「あのですね」と声を掛けた時だ。

「兄さま！　光彦兄さま！」

元気な声がしてドアが開いた。

「待ちなさい朋彦。ドアを開ける時には必ずノックをしなさいといつも言っているでしょ」

和香に窘められ、朋彦は「しまった」というように表情を強張らせた。

「中から『どうぞお入りください』とお返事があるのを待ってから開けるのよ」

「はぁい……ごめんなさい、お母さま」

元気の塊のように飛び込んできた朋彦は、しおしおと項垂れてしまった。

「申し訳ありません、お話し中に突然」

背後から朋彦の両肩に手を置き、和香が頭を下げた。

「構わない。朋彦、光彦に何か用があるのかい？」

昌彦に問われ、しゅんとしていた朋彦がパッと顔を上げた。その表情はどことなく緊張しているように見える。

「はい。おばあちゃまが、兄さまとひ、ひしゅ……」

「菱田さんだよ」と教えてやると、朋彦はちょっぴり安堵した様子で頷いた。

「光彦兄さまと菱田さんに、つたえてほしいって」

「お祖母さまが？」

「実はさっきこの子、ひとりでお義母《かあ》さまの寝室に入ってしまったらしいんです。本当にもう、いたずらっ子で困ってしまいます」

和香は申し訳なさそうに「すみません」と謝罪しながら朋彦の頭を撫でた。

崇臣たちが出た後、朋彦はこっそり真知子の寝室を覗きに行った。そこで目を覚ました真知子から何やら言伝《ことづて》を頼まれたらしい。

「お祖母さまは、なんておっしゃったの？」

「えーっと……おばあちゃまはね、えーっと、えーっと、なんだっけ……」

朋彦は眉根をきゅっと顰《ひそ》めて「えーっと、えーっと」と必死に思い出そうとしている。真剣な横顔が光彦によく似ていて、崇臣はまた頰を緩めてしまう。

「あ、そうだ」

「思い出したの？」

朋彦はこくりと頷き「おいも」と呟いた。

「お芋？」

「はい。おいもが立ったら……えーっと……キッス」

「お芋が立ったらキス？　お祖母さまが僕にそう伝えてとおっしゃったの？」

「はい。兄さまにつたえてちょうだいねって」

朋彦は思い出せたことに満足したのか、今日一番の笑顔を振りまいている。大人たち四人は、はてと顔を見合わせた。

「芋が立ったらキスをしろ。ということだろうか。どういう意味だ」

ううむと唸《うな》る昌彦の横で、和香が「もう、いやだわ、昌彦さんったら」と頬を染め、夫の横っ腹を肘で軽く突いた。

——芋が立ったらキスをしろ？

光彦はちらりとこちらを見上げたが、すぐに視線を逸《そ》らしてしまった。形のよい耳がほんのり桜色に染まっている。どうやら昌彦以外の三人は、同じ俗物的発想に至ったようだ。

「お母さま、朋彦、あしたおいもほりがしたいです」

「明日は無理ね。また来年の秋に、お芋が生《な》ったら掘りましょうね」

「あといくつねると、あきになりますか？」

「そうね、まだまだいっぱい寝ないとね」

「えー、いっぱいねたら、朋彦、大人になってしまいます」

口を尖らせる朋彦に、昌彦と和香が顔を見合わせて微笑んだ。

「たくさん食べてたくさん寝て、お芋のように、どんどん大きくならないとな」

昌彦が朋彦をひょいと抱き上げる。親子の睦まじい様子をよそに、崇臣と光彦は難解な謎解きの答えを探し続けていた。

——芋が立ったらキス……。

そもそも芋の種類はなんだ。サツマイモだろうか、ジャガイモだろうか、はたまた里芋だろうか。

「お母さま、朋彦、〝すいとうぽてと〟がたべたくなりました」

「すいとうぽてと？」

昌彦が目を瞬かせる。またもや難問登場かと思いきや、すぐに和香が「それを言うならスイートポテトでしょ」と笑った。

「すいいとう……ぽてと？」

「スイートポテト。いいわよ。買い置きのサツマイモがあったから、今から作りましょう」

「やったあ！」

「朋彦もお手伝いしてくれる？」

「します！　朋彦、おてつだいします！」

朋彦は昌彦の腕から下り、床の上でくるくる回った。

目を細めてその姿を見つめていた崇臣の脳裏に、不意に真知子の顔が浮かんだ。

——そうか……わかったぞ！

崇臣は心の中で小さく拳を突き上げた。

——真知子さん、メッセージ、ちゃんと受け取りましたよ。

自分たちの交際を誰より応援してくれていた真知子。彼女が幼い孫に託した言葉は崇臣の心に真っ直ぐに届き、そして揺さぶった。

「光彦、そろそろ行こうか」

「え？」

どこへ？　と戸惑う瞳から視線を外し、崇臣は昌彦に向かって深々と一礼した。

「真知子さんがお怪我をされたというのに、大変申し上げにくいのですが……」

「構わん。行きなさい」

「藤堂寺さん……」

顔を上げた崇臣に、昌彦は大きくひとつ頷いた。

「えー、兄さまといっしょに、すいとうぽてと、たべたかったのに」

行かないでくださいと、朋彦が光彦の太腿に縋《すが》る。

「ごめんね、朋彦。必ず食べに来るから、僕の分のすいとうぽてと、取っておいてくれる？」

「ほんとうですか？」

「うん。約束する」

光彦と朋彦が指切りげんまんをしている間に、崇臣はひと足先に応接室を出る。そしてドアが閉まるのも待たず、ポケットからスマホを取り出した。

「……菱田です。至急ハイヤーを一台お願いします。藤堂寺昌彦邸前まで」

◇◇◇

崇臣の手配したハイヤーが向かった先は、予想もしない場所だった。

『ホテルブルーフォレスト　ＨＡＫＯＮＥ』

クラシカルで落ち着いた雰囲気のそのホテルは、さながら中世の古城のような佇まいで箱根の森の中にひっそりと建っていた。

「うわあ……」

案内された部屋に足を踏み入れた途端、光彦は思わず感嘆の声を漏らした。

「もう暗くてはっきりとは見えないけど、窓から芦ノ湖が一望できるんだ」

実家を出たのが午後三時過ぎだった。ホテルの車寄せでハイヤーを降りた時には、日はすっかり西に傾いていた。

「崇臣さんは以前にも？」

「ああ。ここは菱田家専用のスイートなんだ」

——やっぱりＶＩＰルームだったんだ。

なるほど、と光彦は納得した。

最上階のこの部屋には、他の客室とは別の専用エレベーターが用意されていた。円形のメインルームは優に五十畳ほどはありそうで、壁際のバーカウンターの脇にはワインセラーに続く扉が見えた。ベッドルームもドアの数から推察するに六つは下らないだろう。

「近くに別荘もあるんだけど、オフシーズンは使用人が常駐していないからな」

格式の高いホテルにはそれなりに馴染《なじ》みのある光彦だが、ここまでハイグレードな部屋は初めてだった。

光彦は真っ直ぐ窓辺に向かう。すでに日は落ち、眼下には薄暗い森が広がっているばかりだった。

「朝になれば湖面がはっきりと見えるだろう。朝日でキラキラと輝いて、すごくきれいなんだ」

窓の外を見つめる光彦に背後の崇臣が語りかける。

「キラキラ……」

次第にその色を深くしていく森に目も心も奪われ、無邪気に「楽しみですね」と答え、ハッとした。

――つまりそれは……。

明日の朝まで崇臣とこの部屋で過ごすということではないだろうか。

ゴクリと喉奥が鳴る。急に心臓がトクトクと不穏なリズムを刻み始めた。

「昼飯を食べていないから、腹が減ったんじゃないか？」

「……いえ、あまり」

考えることが多すぎて、食事のことなどすっかり忘れていた。

「そうか。けど長時間何も食べないのもよくない。何か軽めのものを持ってきてもらおう」

そう言って崇臣はルームサービスを頼んでくれた。

崇臣はクラブハウスサンドとコーヒーを、光彦はフルーツサンドと紅茶を、それぞれ胃に納めた。爽やかなフルーツと甘みを抑えたクリームをたっぷり挟んだサンドイッチは、爽やかで美味しくて、食欲ゼロの光彦でも平らげることができたが、その間会話はあまり弾まなかった。

ハイヤーの中でも当たり障りのない会話しか交わさなかった。運転手がいたというのもあるが、「目的地に着いてからちゃんと話し合いたい」という共通の思いが、ふたりの口を重くしていたのだと思う。

真知子の怪我で一時的に意識の片隅に追いやられていたが、この数時間というもの光彦の頭の中はマンションでされたキスのことでいっぱいだった。柔らかな、そしてどこか淫靡な唇の感触が蘇り、光彦の鼓動はますますせわしなくなっていく。

光彦を裁くのは自分だと崇臣は言った。だからあのキスは裁きを行うために必要ななんらかの儀式ではないかと疑ったが、どうやらそうではなかったらしい。

『キスだ。普通の』

そのひと言が、光彦をさらなる混乱の淵へと追いやった。

キスなんて、きっと崇臣は過去の恋人たちと星の数ほど交わしてきたのだろう。誰とどこで何時何分何曜日に交わしたかなど、いちいち覚えていないに違いない。けれど光彦にとってあれは、正真正銘のファーストキスだ。今後——予定は一切ないけれど——万が一星の数ほどキスを経験することになっても、ファーストキスは一度だけだ。

——ていうか、普通のキスって何？

直ちに傍らの大きな窓をバーンと開き「普通のキスって、なんですかぁぁ————っ！」と絶叫したい衝動に駆られる。

世間には普通でないキスというものがあるのだろうか。あるのなら誰でもいいから教えてほしい。アブノーマルのなんたるかを知れば、自《おの》ずとノーマルの定義もわかるはずだ。

中級者向けコースを直滑降で下りられるレベルだなんて言ってしまったけれど、本当の光彦は初級者コースをボーゲンで下りられるかどうかも怪しい。スキー板すら装着したことのない、初心者中の初心者なのだ。

『恋愛関係です』

どんなつき合いなのかと昌彦に尋ねられた崇臣は、一切の迷いなくそう答えた。

『私たちは愛し合っています』

思い出すだけで気絶しそうになる。キューピッドの矢などではない。ボーガンか何かで心臓の真ん中をぶち抜かれたような気分だったのだけれど。

——悲しいけど、あれは演技なんだ。

結局は原点に戻ってしまう。卑劣なうそで崇臣を騙すことで始まった偽装同棲生活は、想像もしなかった初恋を連れてきた。うそなどつかなければよかったと何度後悔したかわからない。けれどうそをつかなければ、崇臣との幸せな思い出も生まれなかった。

矛盾と欺瞞《ぎまん》に満ちた三週間は、光彦の二十年ちょっとの人生の中で、最もろくでもない日日だった。けれど同時にそれは最も甘く濃密で、忘れがたい幸せな日々でもあった。

崇臣の本心を知りたいなどと、望むことすら傲慢だということはわかっている。けれどあのキスの意味を訊かない限りこの恋のピリオドは打てない。

——さっきはなぜキスなんかしたんですか。さっきはなぜキスなんかしたんですか。さっきはなぜキスなんか……。

頭の中で繰り返す。大丈夫、簡単な台詞だ。思い切ってぶつければいい。

先に食べ終わった崇臣は、窓辺に立ち夜の帳《とばり》の下りた森を見下ろしている。最後のひと口を紅茶で胃に流し、光彦はテーブルを立った。

「あの、崇臣さん」

崇臣が「ん?」と肩越しに振り向く。

「さっき、なぜキ——」

「謎解き、答えはわかったか？」

意を決して口火を切ったのに、出鼻をくじかれ思わず「へ？」と間の抜けた声が出てしまった。

「真知子さんの言伝だよ」

「ああ、あの『お芋が立ったら』っていう」

「そう」

真知子の言伝のことなど、すっかり頭から抜け落ちていた。今の光彦は自分のキスのことでいっぱいいっぱいで、芋のキスのことなど正直完全に忘れていた。

「崇臣さんは解けたんですか」

それでもとりあえず問い返してみると、崇臣はニヤリと微笑み「ああ」と頷いた。

「そうですか。僕はわかりませんでした」

「知りたいか？」

「えっ、あ……はい。教えてください」

今それどころじゃないのですがという本音はぐっと呑み込む。崇臣は「よろしい」とばかりにもう一度深く頷いた。

「お芋じゃなくて、思いだ」

「思い？」

「思い立ったが吉日。おそらく真知子さんは朋彦くんに、そう伝えてほしいと言ったんじゃないのかな」

数秒の後、光彦は「なるほど」と手を叩いた。

「お芋じゃなくて思い、キッスじゃなくて吉日だったんですね」

すっかり忘れていたとはいえ、謎が解ける瞬間はやはり快感だった。

「答えがわかってしまえば、さもありなんという感じですね」

「謎解きというのは大抵そういうものさ」

「朋彦があんなことを言うから、変な想像を――」

言いかけてハッと口を噤《つぐ》んだが遅かった。

「変な想像ね」

クスクスと笑われ、頬がカッと熱くなる。

「すみません……」

「なぜ謝るんだ。俺も多分きみと同じことを想像した」

「え？」

見上げると、崇臣が真綿のようにふわりと柔らかく微笑んだ。

「物事にはタイミングというものがある。それを逃してしまったら二度とチャンスは巡ってこないかもしれない。だから最善のタイミングを逃すな。真知子さんは俺たちに……というより主に俺に、そう言いたかったんじゃないかな」

「崇臣さんに、ですか」

「ああ」

「ええとそれは、なぜ……でしょう」

タイミングとは何か。チャンスとは何なのか。光彦はぐるぐる考えを巡らせる。

「わからない？」

「……はい」

「可愛いな、きみは」

吐息に乗せた囁きの湿度に、心臓がトクンと鳴った。

「どうしようもなく可愛い」

す一っと伸びてきた長い指が、光彦の赤くなった頰に触れる。

「本当に、きみには振り回されてばかりだ」

「す、すみません」

「謝れと言っているんじゃない。それよりひとつ、答えてほしいことがある」

——答えてほしいこと？

光彦はおずおずと視線を上げる。

「俺はさっき、きみのお父さんの前で、きみと愛し合っていると言った」

愛し合っている。パワーフレーズが再び胸を突き抜ける。

「……はい」

「それは本当なのかとお父さんに尋ねられ、きみはこう答えた。『僕も、崇臣さんを愛しています。真剣に交際させていただいています』」

「……ええ」

「あれは」

崇臣は何かを逡巡するように一度言葉を切り、ふたたびゆっくりと口を開いた。

「婿養子に行きたくない一心からなのか」

「……え？」

「俺はきみの本当の恋人じゃない。けれどそうでも言わないとあの場を切り抜けられない。そう判断したきみは、愛してもいない男と愛し合っているという心にもない台詞を吐くことで、偽装恋愛の総仕上げをしようとしたのかと──」

「違います！」

自分の口から飛び出した声の大きさに、ビクリと身体が竦んだ。

「じゃあなぜあんなことを？」

「それは……」

「きみはひどいうそで僕を騙した。それは意に染まない婿養子の話を反故にするために、恋人がいるという口実を作りたかったから……だったんじゃないのか？」

——どうしよう。

気づかないうちに、逃げられない場所まで追いつめられていたらしい。

「違うのか」

「…………」

「それとも何か別の理由があるのか」

「…………」

何も答えられなかった。答えられるわけがない。

ひどいことをした。だから裁きを受けなければならないと思った。あれから半日も経っていないというのに、本当の気持ちを——あなたを好きになってしまったのだと——告げることは許されるのだろうか。

ぐらぐらと心を揺らす光彦の頬を、崇臣の手のひらが左右からふわりと挟んだ。うっとりと見惚れてしまうほど端整な顔が、鼻先が触れ合いそうな距離まで近づいてくる。

「た、崇臣さ……」

「好きだ」

「……っ」

息を吞んで固まる光彦に、崇臣はもう一度、ゆっくりと囁く。

「俺は、きみが、好きだ」

光彦は呼吸を忘れ、ゆっくりと瞬きを繰り返す。

「さっききみのお父さんに宣言したことは、全部俺の本音だ」

「う、うそ」

「俺はきみじゃないから、こんな時に大胆なうそをつく勇気はない」

「っ……」

詰られているわけではないことは、崇臣の表情を見ればわかった。柔らかな色を湛えた瞳も、穏やかな笑みを浮かべた口元も、決して光彦を責めてはいなかった。

「あのバーは、俺がひとりで静かに飲みたい時にこっそり行く店だ。晴臣も時々利用しているようだけど、ふたりで誘い合って行ったことは一度もない。あの店に連れて行ったのは光彦が初めてだ」

「どうして僕を」

「多分、出会った瞬間に惹かれたんだと思う。だけどしばらくは自分の気持ちに気づかなかった。何せ俺たちの出会いは……まあいろいろと普通じゃなかったからな。家出だの脱出だの恋人のふりだの偽装同棲だの。お祭り要素、冒険要素、てんこ盛りだ。一生分のスリルと興奮を凝縮したような夜だった」

「……すみません」

今さらだとわかっていても、謝罪の言葉しか出てこない。

「異様な気分の高揚は、衝撃的な出会いの余波なんだと思っていた。けど一緒に暮らすうちに、それればかりではないと気づいた。夜遅くにへとへとになって退社する時、今まではようやく一日が終わった喜びなんて感じることがなかった。部屋に戻ってからも頭の中は捌《さば》ききれなかった仕事のことでいっぱいだった。けど」

崇臣は、宛がった手のひらで光彦の火照《ほて》った頬をさわさわと撫でる。

「きみと暮らすようになってから、退社の時間が待ち遠しくなった。味気のないあの部屋にきみがいると思うと、エレベーターの上昇速度すらもどかしいほどだった」

——これってもしかして……。

光彦は回らない頭で考える。もしかしなくても、愛の告白だ。

自分は今、崇臣から愛の告白を受けているのだ。

あまりの現実味のなさに、光彦はただひたすら息をつめて硬直していた。

「どうしたんだ。息が苦しいのか」

心配そうに尋ねる崇臣に、光彦はようやく呼吸を再開し、ふるふると頭を振った。

「息をしたら、現実に戻ってしまいそうで」

「は？」

「夢なら醒《さ》めないでほしいと……」

至極真面目に答えたのに、崇臣はしばらく絶句した後、てれんと眉尻を下げた。

「なあ、きみは俺を試しているのか」

「試す？」

「どれほど可愛いことを言えば、俺の我慢が限界に来るのか」

限界なのは光彦の方だ。初めてのキスに続く愛の告白に、頭も心もとっくにキャパオーバーだった。一体全体どうしたらいいのかわからなくて、泣きたくなる。

「その顔、本当にずるいな」

「どういう意──あっ……んっ」

二度目のキスは不意打ちだった。崇臣の腕に包まれた途端、唇を塞がれた。

「……っ……んっ……」

キスの時って目を閉じるものなんだぜと、鹿爪《しかつめ》らしく教えてくれたのは、中学時代のクラスメイトだっただろうか。急に思い出して、光彦は慌てて目蓋を伏せる。

「イチゴとキウイとバナナの味がする」

崇臣が、サンドイッチの具を言い当てる。

「好きだよ、光彦」

「…………」

「大好きだ」

キスの合間に崇臣が囁く。ぎゅっと強く抱きしめられた瞬間、胸に押し留《とど》めていたひと言が唇から零れた。

「僕も……」

消え入りそうな囁きに、崇臣の動きが止まる。

「僕も、崇臣さんが好きです」

ああ、ついに言ってしまった。ずっと伝えたくて、だけど伝えられなくて、苦しくて辛くてたまらなかった。目を閉じていなければ打ち明けられなかったかもしれないと、胸の片隅で件《くだん》のクラスメイトに感謝した。

「本当に？」

光彦はこくんと小さく頷き、ゆっくりと目を開いた。

「僕も、ホテルの中庭で助けていただいた時から、多分ずっと」

「じゃあ、お父さんの前で宣言したあれは？」

「婿養子に行きたくなくてついたうそなんかじゃありません。僕の本当の気持ちです。僕は崇臣さんが好きです。大好きです」

――ああ、どうしよう。

言葉として発した瞬間から、虚は実へと変わっていく。心の中で限界まで膨れ上がっていた「好き」が外界へと放たれ、際限なく膨らんでいく。

――これが、言霊。

「よかった」

途端に崇臣がその表情をくしゃりと崩した。

「きみはきっとそう答えてくれると思っていたけれど、もし『ごめんなさい、あれも一連のうその一環です』と言われたらどうしようと、さっきからずっとドキドキしていた」

「崇臣さん……んっ……」

啄《ついば》むようなキスが落ちてくる。くちゅ、くちゅ、と戯れるように繰り返されるそれに、全身を覆っていた緊張が次第に解れてくるのを感じた。

「初めから一方的に振り回されて、喜んだり落ち込んだりうきうきしたり不安になったり、まったく忙しい三週間だった。俺をこんなに不安定にしたのは、きみが初めてだ」

「……すみませんでした」

崇臣は「だから、謝らなくていい」と、静かに首を横に振った。

「自分でも驚いているんだ。泳ぐチンアナゴと言われても仕方がない」

「あ、あれ、聞いていたんですかっ」

「あんなに楽しそうな愛斗を見るのは、久しぶりだったからな」

クスリと笑う崇臣に、光彦はハッとした。

「もしかして箱根に連れてきてくれたのは……」

「温泉旅行、したかったんだろ？」

――やっぱり。

『たまには温泉旅行くらい連れて行ってほしいと思うでしょ？』

『温泉ですか。いいですね』

あの時愛斗と交わした会話を聞いていたのだ。だからこんな時間からちょっと無理をして箱根まで連れてきてくれたのだ。

――優しいな。本当に優しい人だ。

光彦は胸にじんわりと温かいものが広がっていくのを感じた。

「そういえば光彦、あの時妙なことを言っていなかったか？」

「妙なこと、ですか？」

「少し前に、同じような喩えをした人間がいた、とか」

「ああ、あれは」

出会った夜、バーで寝落ちしてしまった崇臣を、晴臣が『動いてるハシビロコウ』と称したことを話すと、崇臣は一瞬ポカンと口を開いた後、なんとも言えない表情で脱力したように苦笑した。

「晴臣さんと愛斗くん、最初は本当に兄弟なのかって疑いたくなるくらい全然似ていないと思ったんですけど、チンアナゴの喩えで、ああ間違いなく兄弟だと思いました」

「血は争えないな……って、あいつら後でまとめて〆《しめ》てやる」

物騒なことを言いながら、崇臣の瞳は穏やかな光を湛えていた。

「晴臣には少々腹が立っているけれど、まあ八割は感謝している。きみとの同棲生活をお膳立てしてくれたわけだからな」

「僕も、感謝しています」

戸惑いもあった。激しく後悔もした。けれどあの夜晴臣がバーに来てくれなければ、こうして崇臣の腕に抱かれることも、キスを交わすこともなかったのだから。

「暗くなってきたな」

窓の外に視線をやり、崇臣が呟く。ほんの数分の間に眼下の森は完全に闇に包まれてしまった。窓ガラスに映る自分の蕩《とろ》けそうな表情に居たたまれなくなる。思わず目を逸らすと、気づいた崇臣がカーテンを閉めてくれた。

「ところで光彦」

すべての窓のカーテンを閉め終わると、崇臣はおもむろに振り返った。

「……はい」

「きみはさっき、俺にはきみを裁く権利があることを認めたよな」

ドクンと心臓が嫌な跳ね方をした。

相思相愛だと確認し合ったことで、すっかり安堵していたけれど、崇臣の中ではあの発言の有効期限はまだ切れていなかったらしい。

「……認めました」

――今から崇臣さんの裁きが始まるのかな。

可愛さ余ってなんとやらというアレだろうか。光彦は全身に緊張を漲《みなぎ》らせる。

――まさか本当に極刑……。

刺殺だろうか、絞殺だろうか、それとも撲殺か。恐ろしい想像に光彦は縮み上がった。

――『偽装恋愛殺人事件　～箱根編～』

こんな時だというのにそんなタイトルが浮かんでしまうのは、推理小説マニアの真知子の血を引いているからだろうか。

「ということはつまり、俺はきみを好きにしていい。そういうことだよな？」

「……はい」

「俺がきみにどんな提案をしても、きみに拒否権は一切ない。そういう解釈でＯＫ？」

「おおお、ＯＫです。煮るなり焼くなり炒めるなり、お好きになさってください。ただ」

「ただ？」

「で、できるだけ痛くないように……していただけると」

消え入りそうな声で懇願する光彦に、崇臣はなぜか眦を下げ、世にも嬉しそうに微笑んだ。

「善処する」

「あああ、ありがとうございます」

どの道一度は崇臣に捧げた命だ。崇臣の手で葬ってもらえるのなら本望というものだ。

「どうぞ、いっそひと思いに」

唇を噛みしめる光彦の耳元で、崇臣は「冗談じゃない」と囁いた。

「ゆっくりじっくり、時間をかけないと。できればひと晩中」

「そんなぁ」

ゆっくりじっくりひと晩中いたぶられるなんて。悪魔の囁きに涙ぐむ光彦に、崇臣は甘ったるい声で追い打ちをかけた。

「悪いことをしたんだから、それなりのお仕置きをしないとな」

――お仕置き……。

くらりと目眩を覚え、光彦はそっと目を閉じた。


「あっ……ん……っ……ふっ」

悪魔の囁きから三十秒後、光彦は崇臣に組み伏され、キスの嵐を浴びていた。

「……あっ……んっ」

お姫さま抱っこで運ばれた場所は、おそらくメインのベッドルームだろう。広々とした空間の真ん中に、キングサイズのベッドが鎮座していた。

いくら晩生な光彦でも、この部屋へ連れてこられた意味がわからないほど子供ではない。どんなひどい仕置きをされても、決して泣き言など口にすまいと心に誓った。

「……んっ……っ……」

唇から顎へ、そして細い首筋へと、崇臣のキスが下りてくる。服の中に滑り込んできた手のひらで、肉の薄い下腹をさわさわと撫で回され、甘ったるい吐息が漏れる。

悪戯《いたずら》でもするように這《は》い上がってきた指に、小さな胸の粒を摘《つ》ままれた。

「やっ……あぁっ……」

じんと痺れるように走った快感に、身体がびくんと戦慄いた。

「そこは、ダメ……です」

「どうして？」

「…………」

感じてしまうからですなんて、とても言えない。

「悪いが嫌もダメも一切聞かない。これはお仕置きなんだから」

崇臣は不敵な笑みを浮かべながら、光彦の着衣を次々と剝ぎ取っていった。生まれたままの姿になった光彦の身体に、崇臣は容赦のない視線を這わせる。

「そんなに……見ないでください」

「見ないで、も却下」

「…………」

「見たいんだ。きみのすべてを」

ふたたびゆっくりとベッドに押し倒される。そこだけはと股間を覆い隠していた光彦の右手を、崇臣の残酷な手があっさりと取り払う。

「隠すのも却下だ」

突如開催された〝崇臣冬の却下祭り〟に若干涙ぐみながら、光彦は「息をするのも却下」と言われないだけマシだと己に言い聞かせた。

「可愛いな……もうこんなに硬くなっている」

突然の指摘に、光彦は思わずハッと視線を下ろす。驚いたことにほっそりとした中心は、いつの間にか申し開きのできない状態になっていた。羞恥に全身が熱くなる。たまらずもう一度隠そうと手を伸ばしたが、案の定崇臣によって阻まれてしまった。

「隠したら触れないだろ」

「……っ」

「大丈夫。気持ちのいいことしかしない」

崇臣はそう囁いて、額にあやすようなキスをくれた。

「……っ……あっ……やぁ……」

右胸の粒を指の腹で転がされ、左胸のそれを甘噛みされる。身を捩《よじ》らずにはいられないほどの快感に翻弄され、光彦は息を乱した。

「……あぁ……やっ……ん」

普段はそこにあることすら忘れているのに、崇臣に弄られるたびに腰の奥で何かがどろりと蕩けていくような気がした。

「やっ、も、ダメ……ですっ」

「ダメは聞かないと言ったはずだ」

「で、でもっ——ああっ」

少し強めに歯を立てられ、腰がびくんと跳ねる。

「痛かったか？」

恐ろしく整った顔で、心配そうに顔を覗き込むのは本当にずるいと思う。

「痛くは……ないです」

答えると、少し安心したように、崇臣は光彦の熱に触れた。

「……っ」

恥ずかしくてたまらないのに、心のどこかでその先を急《せ》く自分がいる。

「濡れてる」

大好きな声が卑猥な言葉を紡ぐからたまらなくなる。理想の長男、次期社長、兄弟や社員たちのお手本。ひとつでも重い看板をいくつも背負い、仕事に明け暮れている普段の崇臣からは想像もできない、欲望に湿った声だった。激しいギャップに混乱しながらも、光彦は崇臣の愛撫《あいぶ》に溺れていく。

「あ……っ……やぁ……」

体液に塗れた幹をゆっくりと擦り上げられ、光彦は甘ったるい嬌声を上げる。

「どんどん溢れてくる」

「言わない……でっ」

半べそをかきながら、間違いなく「言わないで」も却下だろうなと絶望した。

「可愛いよ、光彦……どうしようもないくらい」

濡れた声に煽《あお》られ、光彦は急激に高まっていく。

「ああ……ダ、メッ……」

禁句だったのに、崇臣は叱らなかった。拒絶の意味ではないとわかったからだろう。

「あぁ、あっ……もうっ」

「イッていいよ」

耳朶を甘噛みしながら崇臣が囁く。くちゅくちゅという淫猥な水音に鼓膜を刺激され、細い腰がぶるぶると戦慄いた。

「や……あぁ……っ」

濡れそぼった先端の割れ目に指先を押し込まれ、目蓋の裏が白んだ。

「あぁ、出ちゃ、……ん、あぁっ！」

腰を浮かせてシーツを握りしめ、光彦は爆《は》ぜた。

「……っ……くっ……」

ドクドクと鼓動のように吐き出される体液が、崇臣の手をしとどに汚す。終わらないのではと不安になるほど吐精は激しく長く続いた。

崇臣が好きだと自覚した夜、彼を思って自慰をした。あの時は決して叶うことのない恋だと思っていたのに。

――崇臣さんの手で、僕は……。

吐精の快感は強烈なのに、起こっていることのすべてに現実感がない。頭がふわふわした。

「可愛かった」

閉じていた目をゆっくり開くと、崇臣がじっとこちらを見下ろしていた。その表情はいつもの冷静沈着なそれとも、時折見せる穏やかな紳士のそれとも違う。瞳の奥に見え隠れするのは、まるで飢えた狼《おおかみ》のような獰猛《どうもう》な光だ。

――こんな崇臣さん、見たことない。

そんな表情を引き出しているのが自分なのだと思うと、光彦は萎《な》えたばかりの中心にまたイケナイ熱が籠ってくるのを感じた。

――それにしても。

果たしてこれはお仕置きと言えるのだろうか。想像していた行為とはまるで違う。

――こんなの、気持ちがいいだけで……。

「どうした」

突如考え込んだ光彦に、崇臣が尋ねた。

「いえ……ちょっと思っていたのと違うなと」

「ん？」

「お仕置きっていうから、僕はてっきり」

「てっきり？」

「つまりその……鞭《むち》とかそういうのを使うのかと」

崇臣は大きく目を見開き、ククッと腹筋を震わせた。

「そういうのが希望なら、やぶさかではないぞ」

「けけ、結構ですっ！」

光彦は上半身を起こして首をぶんぶん横に振った。

「普通でいいです。普通のお仕置き、希望です」

普通のお仕置きって何ですかぁーっ、と自分で自分に突っ込みを入れる。

崇臣は笑いながら、ひとりあわあわとテンパる光彦をぎゅっと抱きしめた。

「あっ……」

密着した腰に、硬い熱が当たるのを感じた。

——崇臣さん……。

崇臣が自分を欲してくれている。自分を求めてくれている。それが嬉しくて、誇らしくて、不意に鼻の奥がツンとした。

「今の俺には、光彦以上に大事なものはないよ」

湿った吐息に乗せて崇臣が囁く。

「一生、大切にするからな」

それはまさにプロポーズの言葉だった。

「崇臣さん……」

ぎゅうっと強く抱きしめられ、光彦の眦から涙がひと筋伝った。

次期当主として父の期待を背負う兄と、アイドル的存在の弟に挟まれ、長い間光彦は自分の存在意義を見失っていた。父の本音を知り、自分がちゃんと愛されていたことに安堵した。けれどももし崇臣が隣にいてくれなかったら、これほどまでに満たされた気持ちにはなれなかっただろう。

「きみは庭の片隅の石灯籠《どうろう》なんかじゃない。きみの代わりは誰にもできない。だからこれからもずっと俺の傍《そば》にいてほしい」

「……崇臣さん」

「偽装なんかじゃなく、これからは恋人としてちゃんと一緒に暮らそう」

「……はい」

こくんと頷いたら、またひと粒涙が零れ落ちた。幸福感で窒息しそうになったのは、生まれて初めてのことだった。

「僕も、崇臣さんのこと、一生大切にします」

しゃくり上げながらようやく思いを告げた。

「これからも夜食にカップ麺、食べような」

「はい。マヨネーズをたっぷりかけて」

「マヨネーズ？」

崇臣がきょとんと目を瞬かせる。ふたりでイチャイチャしながらカップ麺にマヨオンするところを、何度想像しただろう。妄想がつい口を突いてしまった。

「いえ、なんでもないです」

崇臣は首を傾げながら「変なやつ」と笑った。

「んっ……ふ」

蕩けそうに甘い甘いキスを交わす。

「怖いなら、最後まではしない。初めてなんだろ？」

崇臣が囁く。どうやら「中級者向けコースを直滑降」が虚偽申告だったことは、とっくにバレていたらしい。それでも光彦は「大丈夫です」と言い切った。

「怖くないです」

「無理しなくてもいいんだぞ」

「無理はしていません……むしろ」

早く崇臣さんが欲しいです。小さな声で呟いた。聞こえなければいいのにと思っていたのに、呟きは崇臣の耳に届いてしまった。

「あんまり煽るなよ」

「……え」

「なんでもない」

崇臣はそう言って、涙に濡れた頬を指で拭ってくれた。

「痛くても苦しくても大丈夫ですから」

「いや、痛いことも苦しいこともしない」

「心も身体も、僕のすべては崇臣さんのものなので、好きにしてください」

決意を込めて見つめると、崇臣はなぜか眉をハの字にして嘆息した。

「煽るなと言っているのに」

「煽ってなんか」

「無自覚なのが、よけいにタチが悪い」

まったく末恐ろしいよと、崇臣は眦を下げた。

何が末恐ろしいのかまったく理解できないまま、光彦はふたたびベッドに横たえられた。そうするといくらか楽だからと言われ俯《うつぶ》せにされた。崇臣の前に尻を晒すような格好になり、全身を羞恥が襲う。

「こ、こんな格好……」

「好きにしていいんじゃなかったのか？」

楽しそうに言い返され、耳朶まで赤くして黙るしかなかった。

「ようやくこれを見られた。ずっと見たいと思っていたんだ」

崇臣が感慨深げに言う。一体なんのことだろう。

「ジョーカー」

「あ……」

偽装がバレないようにと互いのプロフィールを交換した際、光彦が教えた「左の尻たぶにある小さな楕円形の痣」のことだとわかった。

「なんて可愛い痣だ」

「あ、痣に可愛いも何も」

「あるんだな、それが」

崇臣はそう言って、痣のある場所にちゅっとキスをした。

「……っ」

そんな小さな刺激さえ、光彦の劣情を思うさま煽った。

いつどこで準備していたのか、崇臣は小さな瓶を取り出と、ジェル状の何かを光彦の尻の狭間《はざま》にたっぷりと垂らした。敏感な部分をぬるぬると擦られる感触に、ぞくりと身体が戦慄いた。

奥の窄《すぼ》まりもふたつの袋の裏側も、普段自分で目にすることはない。それを今、すべて崇臣の眼前に曝《さら》け出しているのだと思うと、恥ずかしくて泣き出したくなる。けれど行為を中止して逃げ出したいとは思わなかった。激しい羞恥も、初めての行為への不安も、すべて崇臣がもたらしてくれているのだから。

「……っ」

くぷりと水音がして、窄まりに崇臣の指が挿《い》れられるのを感じた。

「息、止めないで」

「はい……」

「馴《な》らさないと後で苦しいからな。ちょっと我慢な」

そう言って崇臣は、光彦の内壁を指で抉《えぐ》った。

「力抜いて」

「は……っい」

強く弱く、深く浅く、崇臣の指を感じる。そのたびに光彦は白い尻や太腿をひくひくと震わせた。

「痛くない？」

「だいじょぶ、で……あっ」

崇臣の指がそこに触れた瞬間、光彦はビクンと背中を反らせた。

「ここか」

「な、なんですか、今の」

思わず声を上げてしまうほどの快感に襲われ、光彦は肩越しに崇臣を振り返る。崇臣はそこが「光彦の感じる場所」なのだと教えてくれた。

「あっ……やぁ……んっ」

ようやく見つけたぞと言わんばかりに、崇臣はそこばかりを責める。

「ダ、ダメ……です、ああっ」

ダメは却下だと思い出したが、それどころではない。

「そこ、やめ……てっ、ああ、んっ」

甘ったるい喘《あえ》ぎが、自分の喉から出ているとは信じたくなかった。初めてなのにこんなに感じてしまうなんて、淫乱だと思われたらどうしようと不安になる。

「また溢れてきた」

「や……ぁ……」

中心がまた熱を帯びてきていることには、とっくに気づいていた。

「濡れやすいんだな」

「す、すみません……」

「バカだな。嬉しいんだよ。俺の指で感じてくれて」

首筋にちゅっとあやすようなキスが落ちてくる。

「あの、崇臣さん」

「ん？」

「仰向《あおむ》けになってもいいですか」

「構わないけど……」

光彦の身体の負担を慮《おもんぱか》ってくれているのだろう。嬉しいけれど、光彦にはそれより大切なことがあった。

「顔見て……したいんです」

俯せでは崇臣の顔が見えない。大好きな人の顔をちゃんと見ながらひとつになりたい。

肩越しにおずおずと願いを告げると、崇臣は「まったく」とため息をつきながら、光彦の身体を仰向けにしてくれた。

「煽るなと、俺は再三警告したからな」

不穏な台詞を口にしながら、崇臣は光彦の太腿を左右に割る。体液に濡れそぼった幹を食い入るように見つめられ、新たな羞恥が襲ってくる。

――俯せよりずっと恥ずかしいかも……。

後悔する間もなく、崇臣がゆっくりと入ってきた。

「……っ……」

圧迫感はあった。けれど入念な指の愛撫で中はすっかり解されていたためか、痛みはまったく感じなかった。

――それより……。

「あ……あっ、すご、いっ」

ねだるような声を、抑えることができない。ねっとりといやらしく腰を揺らして崇臣を迎えようとするのは、本能の仕業だろうか。

「ああ、そ、こ……」

「ここ、感じるんだよな」

カクカクと頷くことしかできない。あまりにも性急に高まっていく快感に、ただ翻弄されるばかりだった。

「もっ、と……」

気遣うようなゆるやかな抽挿がもどかしい。

「……ん？」

「奥まで……」

半ばうわ言のように囁くと、崇臣の喉仏がごくりと上下に動いた。

「ったくきみは……」

「あぁぁ……やぁ……んっ」

ずんっ、とひときわ深い場所を突かれ、光彦は「ひっ」と高い声を上げた。

「届いたぞ……一番奥まで。わかるか？」

はい、と頷いたらまたひと筋、眦から涙が伝った。

「崇臣さんで……いっぱいにして、ください」

喘ぎに混ぜた囁きに、光彦の中の崇臣がぐんと質量と硬度を増した。

「光彦……」

「好き……大好き——んっ……」

唇を塞がれた。最奥まで貫かれながら、光彦の中に崇臣が満ちていく。

「……っ……ふっ……」

「俺も、きみが好きだ。愛している」

キスに混ぜて、崇臣が告げる。

嬉しくて、なのに泣きたくて、だけどやっぱり幸せで。

切なさと幸福感でぐちゃぐちゃになりながら、光彦はふたたび高まっていく。

「崇臣さん……崇臣、さっ、あっ、あぁぁ……ん」

仕置きだというのならひと思いに奪ってほしい。壊れてしまってもいいから。

——崇臣さんのものにして。

心だけでなく、身体も。全部。

「あ……いぃ……」

「気持ちいいか?」

尋ねながら崇臣は光彦を貫く。波打つような腰の動きの男らしさに、光彦は追い立てられていく。

「あ、んっ……気持ち……いいっ」

感じるところだと教えられた場所を崇臣の切っ先が執拗に抉る。甘く痺れるような快感が全身を駆け巡る。

——また、来る……。

「崇臣さっ……あっ、やっ……」

「またイッちゃう?」

「ああっ、やっ……んっ」

頷くことすらできず、光彦は身も世もなく喘ぐ。

「いいよ、イッて」

「あっ、あ、んっ……あぁ――っ！」

ドクン、と光彦は激しく達した。

次の瞬間、「くっ……」と低く唸り、最奥で崇臣が弾《はじ》ける。

――ひとつになれたんだ……崇臣さんと。

ゆっくりと覆いかぶさってくる愛しい重みを受け止める。

頭の奥に、愛斗の声が蘇った。

『おれさ、多分誰かに強烈に必要とされたいんだと思う。おれをだけ頼って、おれだけを必要としてくれる人に出会いたいんだと思うんだ』

『まったく同感ですね。僕も「お前以外の誰でもダメなんだ。お前の代わりはいない」と言ってくれる人に出会いたいです』

――愛斗くん、僕、出会ったよ……僕だけを必要としてくれる人に。

『きみの代わりは誰にもできない。だからこれからもずっと俺の傍にいてほしい』

崇臣の言葉を思い出しながら、光彦はゆるりと意識を手放した。

「光彦……光彦」

耳元で囁く声に、光彦は目を開けた。

「崇臣さん……」

天井の高さも壁との距離も、マンションの部屋とは違う。

——そうだ……ここは。

昨夜の記憶が蘇る。

朝、目が覚めて全部夢だったらどうしようと、一抹の不安を抱えながら眠りに落ちたのだが、どうやら杞憂《きゆう》だったらしい。光彦はひっそりと安堵しながら身体を起こした。

「起こしてごめんな。まだ眠いだろう」

「いえ……」

「見せたいものがあるんだ。起きられるか？」

「大丈夫です」

いつも通り立ち上がろうとした光彦だが、すぐに「わっ」と小さな声を上げて、崇臣の胸に縋りついてしまった。膝がカクンと折れてしまったのだ。

「す、すみません」

熱い胸板の感触が、嫌でも昨夜の記憶を連れてくる。同時に自分の痴態も。

朝っぱらだというのに、光彦は頬を赤くする。

「いや……その……悪かったな」

崇臣が、ちょっとバツが悪そうに鼻の頭を掻いたのは、やはり昨夜のあれこれを思い出したからだろう。夜半に目を覚ました光彦は、崇臣に付き添われてシャワーを浴びたのだが、浴室でまた盛り上がってしまい……二回戦に突入してしまったのだった。

「きみが初めてだとわかっていたのに」

「いいんです。僕の方も……」

拒絶するどころか、崇臣以上に積極的だった気がする。詳細な記憶が蘇りそうになり、光彦は慌てて「それより」と頭を切り替える。

「見せたいものってなんですか?」

尋ねると、崇臣は「うん」とひとつ頷き、光彦の身体をひょいと抱き上げると、窓辺に向かった。

「目を瞑《つぶ》って」

素直に目を瞑ると、ジャッとカーテンを開ける音がした。

「開けていいぞ」

はい、と小さく頷きゆっくりと目を開くと——。

「うわあ」

飛び込んできた景色に、光彦は思わず大きな声を上げてしまった。

眼下に広がる山々が、余すところなく銀色の衣に覆われている。目蓋の奥に鈍い痛みを覚えるほどの眩しさの原因は、昨夜のうちに降り積もった雪だった。すでに雪は止《や》み、東の空から昇った朝日が、真っ白な山々とその向こうに見える芦ノ湖の水面に、これでもかと降り注いでいる。

「すごい……山も湖も、本当に全部キラキラキラキラですね」

「光彦の瞳もキラキラだ」

「え？　あっ――んっ」

振り返りざまに、唇を奪われた。

「……っ……ふっ……」

崇臣の頸《くび》に縋りつきながら、一瞬で昨夜の体温に戻ってしまう自分に呆れた。

「ダメ……です」

「どうして」

「帰りたくなくなっちゃいます」

うっかり零した本音に、崇臣がふっと柔らかく微笑んだ。

「それなんだけど、こんなに雪が積もっていたら、帰れないと思わないか」

「え？」

「道路は通行止めにはなっていないようだけど、こんな雪道じゃハイヤーの運転手さんに申し訳ないと思うんだよなあ」

崇臣が口元に悪戯な笑みを浮かべる。

「ひとつ提案がある。俺は日頃の過労が祟《たた》ってついにダウンしてしまった。少なくとも丸一日休養が必要だ。ということで本日はここ箱根において温泉療養を決行する」

「温泉療養……」

「どうだろう」

崇臣の意図を汲《く》み取った光彦の胸に、驚きと喜びが込み上げてきた。

「僕としては嬉しい限りなのですが……」

「仕事のことなら心配いらない。こんなこともあろうかと、ここへ向かう途中、晴臣に連絡を入れておいたから、そつなく対処してくれるはずだ」

光彦は昨日崇臣がハイヤーの中で、誰かとメッセージのやり取りをしていたことを思い出した。

「ご提示したプラン、ご採用いただけますでしょうか」

ビジネスマン然とした表情で崇臣が尋ねる。

「やぶさかではありません」

光彦も真顔で答える。そして崇臣と額をくっつけ、クスクスと笑い合った。

冬の朝日が差し込む窓辺で、ふたりはもう一度甘いキスを交わした。

「ほら、おれって遅くにできた子だったじゃん。母さん高齢出産だったから無事に生まれるか、めちゃくちゃ心配だったらしいんだよねぇ。だからおれがちゃんと健康に生まれてきた瞬間、もう言葉にできないくらい嬉しかったんだって」

「崇臣さんも本当に安心したって言っていました」

「あの晴兄ぃまで『あん時はホッとして泣きそうになったな』って言ってた」

四月の足音が聞こえてきたこの日、愛斗がマンションへ遊びにやってきた。先週から春休みに入った愛斗は、塾の春期講習が終わると必ずここへ寄り、その日の復習をしたり光彦と他愛《たわい》のないおしゃべりをしてから帰宅する。

偽装で始まった恋愛関係だったが、一緒に暮らすうちに恋が芽生え、本物の恋人同士になった。およそひと月前、箱根の温泉から帰宅したふたりは、そのまま本当の同棲生活に突入した。経緯を打ち明けると、愛斗は目を輝かせ、飛び上がらんばかりに大喜びしてくれた。

『うそから実が出たってわけだね』

嬉しそうに晴臣と同じことを言う愛斗に、光彦はまたしても兄弟の血を感じたのだった。

「男の子でも女の子でも、元気ならそれでならいい。みんなに愛される子に育ってほしいって、父さんも母さんも崇兄ぃも晴兄ぃも、みんなそう思ったんだって」

「それで名前に〝愛〟の字をつけよう、ということになったんですよね」

キッチンで紅茶を淹れていた光彦が振り返って微笑むと、愛斗はソファーに腰掛けたまま
その可愛らしい瞳をまん丸にした。

「なんだ、光彦くん知ってたんだ」

「先日崇臣さんから聞きました」

自分の口から話したかったのだろう、愛斗はちょっぴり面白くなさそうに「崇兄ぃのおしゃべりめ」と口を尖らせた。

「愛斗くん、前に自分だけ名前に〝臣〟の字をつけてもらえなかったのが腹立たしいって言っていたじゃないですか。実はあの会話、崇臣さん聞いていたんですよ」

愛斗と名づけた当時の両親の気持ちを、いつか愛斗本人にも教えてやりたい。お前はこんなにも愛されているんだぞと。箱根の温泉に浸かりながら崇臣が語った思いを、光彦は愛斗に話して聞かせた。

「愛斗くんの話をする時の崇臣さん、とても優しい目になるんですよ。なんだかんだと言っても、やっぱり愛斗くんのことが可愛くて仕方がないんでしょうね」

『愛斗、最近俄然《がぜん》勉強にやる気を出しているって、母さんが嬉しそうに連絡をよこしたよ。この調子ならすぐに第一志望の高校の合格ラインに到達できそうだって』

最愛の弟を語るその瞳は、春の陽だまりのように優しく穏やかだった。厳しい顔つきで仕事をこなす崇臣も惚れ惚れするほど格好いいけれど、やっぱり笑顔が断然素敵だと思う。

「論破大王は健在だけどね」

照れたように、けれどとても嬉しそうに愛斗は笑った。

と、その時インターホンが鳴った。

「崇臣さんですね」

「え、まだ夕方じゃん。崇兄ぃ、具合でも悪いの？」

「今日は午後休の予定だったんです。結局こんな時間になっちゃいましたけど」

愛斗が「ひょえ～」と頓狂《とんきょう》な声を上げた。

「崇兄ぃが平日に半休取るなんて、チンアナゴは泳ぎ続けてたんだね。めっちゃ草生える」

「大草原ですね」

笑い合っていると、玄関ドアが解錠される音がした。光彦はパタパタと玄関に駆けつける。

ドアが開くが早いか「お帰りなさい！」と声をかけた。

「ただいま」

「お疲れさまでした」

いつも通り抱き合ってキスをしようとする崇臣を、すんでのところで光彦が止めた。

「どうした」

怪訝《けげん》な顔の崇臣に、光彦は足元を指さした。三和土《たたき》に並んだ愛斗の靴を見つけ、崇臣は「なるほど」と肩を竦めた。

「お帰り崇兄ぃ。おれ、そろそろ帰るわ」

振り返ると、帰り支度をした愛斗がニヤニヤしながら立っていた。

「なんだ、もう少しいたらいいんじゃないか」

「そ、そうですよ。よかったら一緒に晩ご飯でも」

「遠慮する。おれ、馬に蹴られて死にたくないから」

んじゃ、と手を振って愛斗は帰っていった。

「なんだか気を遣わせてしまいましたね」

「正しい判断だ」

「え?」

「もし夜まで居座ったりしたら、馬を雇って家に送り返すところだった」

崇臣が真顔でそんなことを言うものだから、光彦はぷっと噴き出してしまった。

「まだこんな時間か。たまには外に食いに行こうか」

崇臣が靴を脱ぎながら腕時計に視線を落とす。

「それもいいですけど……」

「どうした」

「お風呂を……沸かしてあります」

もじもじしながら囁くと、崇臣は一瞬呼吸を止め、すぐにてれんと眉尻を下げた。

「俺は一生、きみには敵《かな》わない気がする」

「え？　――あっ……んっ」

長い腕に搦《から》め捕られ、唇を塞がれた。

「一緒に入ろうか」

甘い囁きに光彦はほんのり頬を染め、こくんと小さく頷いた。

いつもより少し長い夜が始まる。幸せの予感が身体中を駆け巡り、光彦は大好きな腕の中でうっとりと瞳を閉じた。

あとがき

こんにちは。または初めまして。安曇ひかると申します。このたびは『御曹司は僕の偽装の恋人です』をお手に取っていただきありがとうございました。「由緒正しいド天然の受けに振り回されるスパダリ攻」という大好き要素全開で書かせていただけて、とても幸せでした。実はかねてより、読んでくださった方に「ツッコミどころ満載だけど、とにかく面白かった！」と言っていただけるような話を書きたいと思っておりました。満載のツッコミどころを凌駕する面白さ……になっていたでしょうか……果たして……ドキドキです。

そしてそして八千代ハル先生、お忙しい中猛烈に素敵なイラストを頂戴し感謝感激です。キャララフをいただいた時点で「きゃわっ」と変な声を上げて昇天でございました。特に愛斗がみんなに向かって「どやっ」とスマホの写真を見せるシーン、めっちゃ可愛くて最高でした！　本当にありがとうございました。

末筆になりましたが、最後まで読んでくださった皆さまと本作にかかわってくださったすべての方々に心より感謝、御礼を申し上げます。ありがとうございました。

またどこかでお目にかかれますように。

二〇二二年　三月　　　安曇ひかる

✦初出　御曹司は僕の偽装の恋人です……………書き下ろし

安曇ひかる先生、八千代ハル先生へのお便り、本作品に関するご意見、ご感想などは
〒151-0051 東京都渋谷区千駄ヶ谷 4-9-7
幻冬舎コミックス　ルチル文庫「御曹司は僕の偽装の恋人です」係まで。

幻冬舎ルチル文庫

御曹司は僕の偽装の恋人です

2022年4月20日　　第1刷発行

✦著者	安曇ひかる　あずみ ひかる
✦発行人	石原正康
✦発行元	株式会社 幻冬舎コミックス 〒151-0051 東京都渋谷区千駄ヶ谷 4-9-7 電話 03(5411)6431 [編集]
✦発売元	株式会社 幻冬舎 〒151-0051 東京都渋谷区千駄ヶ谷 4-9-7 電話 03(5411)6222 [営業] 振替 00120-8-767643
✦印刷・製本所	中央精版印刷株式会社

✦検印廃止

ISBN978-4-344-85042-2　C0193　Printed in Japan